U0533892

〔印度〕泰戈尔/著
冰心 等/译

泰戈尔诗选

Selected Poems of Tagore

名著名译
丛 书

人民文学出版社

Rabindranath Tagore
SELECTED POEMS OF TAGORE

图书在版编目(CIP)数据

泰戈尔诗选/(印)泰戈尔著;冰心,石真,郑振铎译.—北京:人民文学出版社,2014(2025.8重印)
(名著名译丛书)
ISBN 978-7-02-010416-1

Ⅰ.①泰… Ⅱ.①泰…②冰…③石…④郑… Ⅲ.①诗集—印度—现代 Ⅳ.①I351.25

中国版本图书馆CIP数据核字(2014)第092600号

责任编辑	翟　灿
装帧设计	刘　静　陶　雷
责任印制	王重艺

出版发行　人民文学出版社
社　　址　北京市朝内大街166号
邮政编码　100705

印　　刷　三河市中晟雅豪印务有限公司
经　　销　全国新华书店等

字　　数	240千字
开　　本	890毫米×1290毫米　1/32
印　　张	10.125　插页3
印　　数	200001—203000
版　　次	2015年1月北京第1版
印　　次	2025年8月第21次印刷
书　　号	978-7-02-010416-1
定　　价	28.00元

如有印装质量问题,请与本社图书销售中心调换。电话:010-59905336

泰戈尔

泰戈尔（1861—1941）

　　印度伟大诗人、画家、哲学家和社会活动家，毕生以其全面的艺术天才在文学园地里辛勤耕耘，在诗歌、小说、戏剧和散文等领域取得巨大成就，给后世留下五十余部诗集、十几部中长篇小说、九十多篇短篇小说、二十余种戏剧及数量相当可观的散文作品和其他杂著。

　　《泰戈尔诗选》收入作者最具代表性的五部诗集：叙事诗集《故事诗》，宗教抒情诗集《吉檀迦利》，以儿童生活和情趣为主旨的散文诗集《新月集》，关于爱情和人生的抒情诗《园丁集》，富有哲理的散文诗集《飞鸟集》。这些诗歌具有浓郁的抒情性，隽永深沉，语言清新流利，意象奇崛美妙。

译　者

冰　心（1900—1999），原名谢婉莹，福建长乐人。女作家、翻译家。代表作有诗集《繁星》，散文集《寄小读者》等。译作有《印度民间故事》《泰戈尔诗集》等。

石　真（1918—2009），原名石素真，河南偃师人，印度和孟加拉文学研究专家，中国直接从孟加拉原文翻译泰戈尔及其他孟加拉作家作品的第一人。

郑振铎（1898—1958），福建长乐人。诗人、学者、翻译家。主要作品有《文学大纲》《插图本中国文学史》，有《郑振铎文集》行世。

出 版 说 明

人民文学出版社从上世纪五十年代建社之初即致力于外国文学名著出版，延请国内一流学者研究论证选题，翻译更是优选专长译者担纲，先后出版了"外国文学名著丛书""世界文学名著文库""二十世纪外国文学丛书""名著名译插图本"等大型丛书和外国著名作家的文集、选集等，这些作品得到了几代读者的喜爱。

为满足读者的阅读与收藏需求，我们优中选精，推出精装本"名著名译丛书"，收入脍炙人口的外国文学杰作。丰子恺、朱生豪、冰心、杨绛等翻译家优美传神的译文，更为这些不朽之作增添了色彩。多数作品配有精美原版插图。希望这套书能成为中国家庭的必备藏书。

为方便广大读者，出版社还为本丛书精心录制了朗读版。本丛书将分辑陆续出版。

人民文学出版社
2015 年 1 月

前　言

　　罗宾德罗纳特·泰戈尔是印度近代伟大的诗人、作家、艺术家、哲学家和社会活动家。他不但是印度文学史上罕见的巨匠,而且也是世界文学史上少有的大师。在六十年的创作生涯中,他始终保持不懈的探索精神和过人的创作精力,以其全面的艺术天才在文学园地里辛勤耕耘,在诗歌、小说、戏剧和散文等领域都取得了巨大的成就,给后世留下了数量惊人、种类繁多的艺术珍品。他毕生创作五十余部诗集、十几部中长篇小说、九十多篇短篇小说、二十余种戏剧,同时著有数量相当可观的散文作品和其他杂著。这些作品主要收在多达二十九巨册的《泰戈尔文集》中。随着岁月的流逝,他的作品愈益放射出璀璨的思想光芒,显示出永恒的艺术魅力。它们被译成多种文字,在世界各地广泛流传,并被作为教材在中学和大学讲授,产生着巨大的影响。

　　泰戈尔一八六一年五月七日生于印度孟加拉省加尔各答市的一个开明地主家庭。他的父亲是一位宗教哲学家和社会改革家。泰戈尔没有受过多少正规教育,学问主要是靠家庭聘用教师施以严格教育和自学获得的。当时,孟加拉是印度的文化中心,他的家庭则弥漫着浓郁的文学气息。他于一八七五年发表第一首长诗《野花》。一八七八年九月赴英国学习法律,一八八〇年二月回国。一八八二年出版抒情诗集《暮歌》,从此正式走上文学创作的道路。十九世纪九十年代,他听从父命离开城市到乡下经管祖上的田产,在乡间生活了整整十年。一九〇一年,他在圣谛尼克坦创办了一所小学。这所学校后来在一九二一年发展成为著名的国际大学。他的后半生大部分时间都居住在这里。一九〇五年,他积极参加了反对英国殖民者分割孟加拉的民族运动。一九一三年,他以宗教抒情诗集《吉檀迦利》荣膺诺贝尔文学奖。一九一九年,印度发生英国殖民者血腥镇压反英民众的阿姆利则惨案,他愤然辞去英国政府授予他的爵士头衔。一九二四年,他应梁启超先生邀请访问中国,对中国人民表示了极其友好的感情。一九三〇年,他访问苏联,衷心赞美它所取得的成就。他还访问了欧洲和亚洲的其他许多国家以及美国。二十世纪三十年代,帝国主义、军国主义和法西斯主义日益猖獗。泰戈尔拍案而起,强烈谴责它们的暴行。一九四一年八月七日,泰戈尔病逝于加尔各答。

尽管泰戈尔多才多艺,但他在本质上却是一个诗人。从他的创作实践看,诗也的确是他毕生最为倾心也最为得心应手的艺术形式。他虽然成功地运用过各种文学体裁,但惟有诗歌被他当做终生的事业。他的诗歌不仅是印度人民的宝贵财富,而且至今依然为各国人民所珍视,在世界上产生着广泛的影响。

泰戈尔主要用自己的母语孟加拉文写作,但也用英文写了一些诗歌和大量演说。在印度之外,他的作品主要以英文译本流传。他的英文诗集《吉檀迦利》等就是诗人自己翻译的。他的译笔流畅而自然,被西方学者视为"第二原著"。

这部《泰戈尔诗选》共收入诗人的五部诗集。现将其内容分别简介于下:

《故事诗》。这是泰戈尔前期诗歌创作中一部极其重要的孟加拉文叙事诗集,在印度历来被视为泰戈尔留给人民的最好的精神遗产之一。诗集收入诗歌二十四首,并有序诗一首,初版于一九〇〇年。当时,诗人不但正处于创作井喷阶段,也处于爱国主义激情汹涌之时。诗集主要取材于印度古代经典作品中的历史传说,其中既有佛教故事、印度教故事和锡克教故事,也有拉其普特人及马拉塔人的英雄传说。诗人热情歌颂了民族英雄在抵御异族入侵时英勇献身的精神。其中《被俘的英雄》简直就是一部锡克教徒英勇斗争的史诗。在莫卧儿军队的残酷镇压下,英雄们的鲜血洒遍五河之邦,七百个英雄连同他们的首领般达都因战败被俘,全部壮烈牺牲。般达父子在死亡面前尤其表现得泰然自若,视死如归:"孩子的嫩脸上闪耀着英勇无畏的光辉";父亲"屹立着死去——不曾发出一声痛苦的叹息"。《戈宾德·辛格》一诗充分表现了锡克教祖师戈宾德·辛格百折不挠的坚强斗志。他在战斗失败之后仍然对未来信心百倍,怀着豪迈的英雄气概去重整旗鼓,"等待着晓日初升的黎明出现"。《洒红节》写拉其普特人用计谋战胜入侵者。《婚礼》表现了一个王子在婚礼上壮别新娘,奔赴疆场,马革裹尸而还的牺牲精神。这些诗歌读来荡气回肠,令人感叹。《故事诗》中的佛教和印度教故事,表现了诗人对人道主义的弘扬和对真善美的礼赞。这部诗集在当时极大地激励了印度人民反抗英国殖民者的斗争意志,增强了印度人民的民族自信心和民族自豪感。

《吉檀迦利》。这部英文宗教抒情诗集是泰戈尔的代表作,是二十世纪世界文坛影响最为广泛的一部诗集。诗集共收诗歌一百零三首,一九一二年在伦敦出版后随即风靡西方世界。这些诗歌,是诗人从其同名孟加拉文诗集和另外几部孟加拉文宗教抒情诗集选译而来的。孟加拉文《吉檀迦利》有着严格的韵律,而英文《吉檀迦利》则是以散文为体。"吉檀迦利"的意思是"献歌",因此这部诗集的名字似可意译为"献歌集"。纵观诗集,我们不难看出,它是诗人献给一位神的。在诗人笔下,这位神有着种种名称和身份。诗人时而称他为"主人",时而称他为"朋友",时而称他为"父亲",时而又称他为"国王",但更多的时候还是直接称他为"神"。在翻译这部诗集时,诗人借用了英语中"God"一词,但他诗中的"God"并不是基督教的上帝,而是从印度哲学中玄而又玄的"梵"这一抽象概念演化而来的一个具有人格的宗教神。两者虽然同为宇宙的创造者和主宰者,但实在是风马牛不相及。

泰戈尔的宗教哲学思想,主要来源于印度古代奥义书哲学和印度教毗湿奴派教义。这是一种类似于泛神论的思想。奥义书哲学认为,万有同源,皆出于梵。它又认为,万有一如,皆归于梵。换言之,梵是宇宙的最高本质和最高实在。宇宙万物皆派生于梵,存在于梵,统一于梵。自然、社会、国家及人的意识都不过是这一宇宙精神的显现,是其存在的不同形式。泰戈尔认为,梵是一种无限的存在,而现象世界和人是有限的存在;人的灵魂与宇宙精神具有实质的同一性。达到梵我一如是诗人追求的最高精神境界,在"有限"中证悟"无限"的欢乐,是他宗教抒情诗歌创作的母题。诗人热爱人民和祖国的赤忱之情感人至深,诗人对自然、人生、欢乐、光明的歌颂洋溢着奋发、热烈的情绪。诗集中关于神在自然中和人类社会显现的描写蕴含着现实主义的因素，飘散着浓郁的生活气息。在艺术上，诗歌语言朴素自然，清新流丽；感情热烈真挚，含蓄细腻；意境宁谧深邃，耐人寻味；形象鲜明具体，生动活泼。诗集熔哲理与诗情于一炉，充分体现了泰戈尔诗人兼哲人的本色。《吉檀迦利》就是这样一部以形象化的艺术手法表现诗人宗教哲学思想的抒情诗集。

《新月集》。这是泰戈尔的一部以儿童生活和情趣为主旨的英文散文诗集。共收入诗歌四十首，初版于一九一三年。这些诗歌是诗人从自己一九〇三年出版的孟加拉文诗集《儿童集》迻译而来的。诗集中天真的孩子与慈爱的母亲正是诗人的爱子与贤妻。诗集反映了诗人温馨欢乐的家庭生活。这部儿童诗集被认为是世界文学中无与伦比的艺术珍品。它也深受我国数代读者的钟爱。诗人依照儿童的逻辑，以朴素的语言、明快的格调和瑰丽的譬喻，描绘出儿童的种种动人情态和奇思妙想。

《园丁集》。这是一部"关于爱情和人生的"英文抒情诗集，诗体为散文诗。共收入诗歌八十五首，初版于一九一三年。诗集中的大部分诗歌是诗人从自己在十九世纪九十年代创作的孟加拉文诗集《刹那集》、《梦幻集》、《金船集》、《缤纷集》等迻译而来的。它们是属于泰戈尔前期创作阶段的诗歌作品。因此，不难发现，这部诗集中的诗歌流溢着青春的动人朝气，闪射着爱情的美丽色彩。如果说《吉檀迦利》主要表现的是人与神之间的精神之爱，那么《园丁集》主要表现的则是男女之间的两性情爱。显然，前者是宗教性的，后者是世俗性的。这是两部诗集的基本分野。美国著名诗人和评论家庞德认为，《园丁集》中的诗歌犹如"天上的星辰"。诗人采用象征主义等手法，细腻而又含蓄地表现恋爱中的种种情绪，其言外之意，发人深思，引人遐想。

《飞鸟集》是一部富于哲理的英文格言诗集。共收诗三百二十五首，初版于一九一六年。其中一部分由诗人译自自己的孟加拉文格言诗集《碎玉集》(1899)，另外一部分则是诗人一九一六年造访日本时的即兴英文诗作。

是年，泰戈尔在日本居留三月有余。其间，不断有女士求诗人题写扇面或纪念册。考虑到这一背景，我们就不难理解这些诗为什么大多只有一两行。诗人曾盛赞日本俳句的简洁，他的《飞鸟集》显然受到了这种诗体的影响。因此，这些诗以深刻的智慧和简短的篇幅为其鲜明特色。其诗也短，其思也深。这部富于哲理的诗集历来受到人们的珍视。美籍华裔学者周策纵先生认为，这些小诗"真像海滩上晶莹的鹅卵石，每一颗自有一个天地。它们是零碎的、短小的；但却是丰富的、深刻的"。

泰戈尔在其一生诗歌创作的不同阶段所关注的对象尽管有所差异，但他的作品却始终体现了对真善美的追求。他对印度锦绣山川的钟情，对儿童的挚爱，对哲理的思索，成为他诗歌创作的重要内容。他的诗歌，语言朴素自然，清新流丽；感情热烈真挚，含蓄细腻；意象宁谧深邃，耐人寻味；设喻新颖别致，富于情趣。他的诗集往往熔哲理与诗情于一炉，充分体现了他诗人兼哲人的本色。诗人使人文精神和审美价值在其诗歌中达到了高度的统一。

末了，不能不提的是这部《泰戈尔诗选》的译者。诗歌是极难翻译的，因此，倘若翻译诗歌，译者本人最好是个诗人或深得诗之三昧。本诗选中的《吉檀迦利》和《园丁集》为冰心先生所译。她是我国读者普遍熟悉和敬重的作家、诗人兼翻译家。她所译的这两部诗集，历来为人称许。《故事诗》的译者石真先生通晓孟加拉文。她的译文音韵铿锵，行文流畅，与原文不但神似，而且形似，可谓难得之翻译精品。《新月集》、《飞鸟集》的译者为郑振铎先生。他是我国著名作家、诗人和学者。以上这些译者的译风均十分严谨，在国内译界有口皆碑。他们的译作也已经历了岁月的考验。

刘　建
二〇一三年十二月

目 录

故事诗(石真 译) …………………………………… 001
 译者前记 …………………………………………… 003

 序诗 ………………………………………………… 005
 无上布施 …………………………………………… 007
 代理人 ……………………………………………… 011
 婆罗门 ……………………………………………… 017
 卖头 ………………………………………………… 021
 供养女 ……………………………………………… 025
 密约 ………………………………………………… 030
 报答 ………………………………………………… 034
 轻微的损害 ………………………………………… 042
 价格的添增 ………………………………………… 047
 比丘尼 ……………………………………………… 050
 不忠实的丈夫 ……………………………………… 053
 丈夫的重获 ………………………………………… 056
 点金石 ……………………………………………… 059
 被俘的英雄 ………………………………………… 062
 不屈服的人 ………………………………………… 068
 更多的给予 ………………………………………… 071
 王的审判 …………………………………………… 072
 戈宾德·辛格 ……………………………………… 073
 最后的一课 ………………………………………… 079

仿造的布迪堡	084
洒红节	087
婚礼	092
审判官	096
践誓	099

吉檀迦利(谢冰心 译) … 103
　　译者前记 … 105

园丁集(谢冰心 译) … 147

新月集(郑振铎 译) … 199
　　译序一 … 201
　　译序二 … 203
　　译序三 … 204

　　家庭 … 205
　　海边 … 206
　　来源 … 207
　　孩童之道 … 208
　　不被注意的花饰 … 210
　　偷睡眠者 … 211
　　开始 … 213
　　孩子的世界 … 214
　　时候与原因 … 215
　　责备 … 216
　　审判官 … 217
　　玩具 … 218
　　天文家 … 219

云与波	220
金色花	221
仙人世界	222
流放的地方	223
雨天	225
纸船	226
水手	227
对岸	228
花的学校	229
商人	230
同情	231
职业	232
长者	233
小大人	234
十二点钟	236
著作家	237
恶邮差	239
英雄	240
告别	242
召唤	243
第一次的茉莉	244
榕树	245
祝福	246
赠品	247
我的歌	248
孩子的天使	249
最后的买卖	250

飞鸟集（郑振铎译） ………… 251

一九二二年版《飞鸟集》例言 ·············· 253

一九三三年版本序 ·············· 256

故 事 诗
(1900)

译者前记

《故事诗》(Katha)是泰戈尔最为印度人民所传诵的诗篇,中小学课本中必选的教材,也为大学文学系学生所必读。一般人容或没有读过、或读不懂他的《吉檀迦利》,但没有读过《故事诗》的却不多见,"五河环绕着的英雄之国,辫子盘在头上的锡克……"(《被俘的英雄》)几乎男女老少人人都能背诵。

故事大体分为四组:佛教故事、印度教故事、锡克教故事和马拉塔及拉其斯坦的英雄故事。佛教故事取自《撰集百缘经》(Avadāna sataka)、《菩萨譬喻鬘论》(Bodhisattvāvadāna-māla)和《如意树譬喻鬘论》(Kalpadrumāvadāna-māla);印度教故事取自《歌赞奥义书》(Chāndogya Upanishado)及《敬信鬘》(Bhakta-māla);其余的故事来自民间传说。佛教故事和印度教故事并非佛经与古圣梵典的翻译,而是诗人的创作,词句是诗人自己的,人物及情节也有很大的变动。这在一九〇〇年《故事诗》最初出版的时候,诗人已经作了声明,说"希望这些变动不致在文化传统及宗教义理方面造成罪过"。

在这部分诗歌中,诗人把一些为人民所喜爱的人物介绍给我们,虽然他们有些是普通的,平凡的,连名字也不曾留下的人物。这里有:信仰坚定、慈悲喜舍的佛教徒;反对宗教偏见,反对焚身殉节陋俗的宗教改革家;漠视种姓尊严的婆罗门;鄙夷黄金的修道者;人们理想中的大公无私、了解百姓疾苦的国王;不愿把土地献与敌人而宁可牺牲性命的将军;不畏强暴的公正的审判官;与异族统治者作顽强斗争,视死如归的男女英雄们……诗人以生动的口语、民歌的调子,歌唱出他们进步的思想,勇敢的精神,优秀的道德品质,从而教育那些在殖民地教育制度下不知道或忘记了、甚至鄙视印度文化遗产的年轻一代,唤起他们的民族自豪感,珍视自己的光荣传统。这也许就是在印度把这部诗集选做中小学及大学课本的原因之一吧。

一九二七年诗人把第五首《供养女》改写成歌舞剧《舞女的供养》（Natir puja），一九三九年又把第七首《报答》改编为歌舞剧《夏玛》（Shyama）。

译文是根据一九四二年国际大学出版部出版的孟加拉文《泰戈尔全集》卷七中所收的《故事诗集》译出的。

石　真

1957 年 11 月 9 日

序　诗*

　　讲个故事,讲个故事吧!
悠久的往世啊,在这无尽的长夜里
　　为什么只沉默地呆坐着呢?
　　讲个故事,讲个故事吧!
无数朝代将它的传说
　　倾注在你的海底,
多少生命的细流汇聚在
　　你浩瀚的海洋里。
在那里它们不再是奔流的活水,
它们消失了潺潺的低语——
　　可怕的沉默,微波不起。
　　你把它们带到哪里去呢?
悠久的往世啊,你在我的心里
　　讲个故事,讲个故事吧!

　　讲个故事,讲个故事吧!
沉默的往世啊,你洞悉一切秘密。
　　你并非麻木无情,
　　为什么不讲话呢?
我的灵魂听到了
　　你的脚步声,你心的跳动,
把你成年累月积蓄的传说

---

* 本诗无题,也未注明写作的年月,《序诗》的题目是译者加的。

留在我的心底吧!
往世啊,知道你喜欢在夜里
为世人悄悄讲述古往的事迹,
闹嚷嚷白昼的动荡里
　　你喜欢静止休息。
往世啊,你在我的心里悄悄地
　　讲个故事,讲个故事吧!

　　讲个故事,讲个故事吧!
任何佳话传奇你从不忘记,
　　一切你都保留收集,
　　讲个故事,讲个故事吧!
你一生都以
　　看不见的字迹
生动有趣地记录下
　　祖先们的故事。
人们也许忘记了他们的事迹,
你却一点一滴都记在心里,
那些被遗忘了的哑默的故事传说
　　是你让它们流传后世,滔滔不绝。
让它们发出声音吧!博闻广记的往世,
　　讲个故事,讲个故事吧!

无上布施*

"我以佛陀的名义求你布施,
喂!世人们,谁是醒了的?"
给孤独长者①用低沉的声音
　　——庄严地呼唤。

那时候,初升的太阳,
在舍卫城接天的宫阙上
恰才睁开了睡意蒙眬的
　　　绛红的笑眼。

颂神的弹唱者酣睡正浓
祝福的晨歌还不曾唱起,
杜鹃怀疑着天色是否黎明
　　啼声轻缓而迟疑。

比丘高呼:"酣睡的城市,
觉醒起来吧!给我布施。"
这呼声使梦寐中的男女
　　引起一阵颤栗。

---

* 这故事取自《撰集百缘经》,它是印度佛教譬喻文学中最古的典籍。此书在公元三世纪时由吴月氏支谦译成汉语。
① 给孤独长者:佛的大弟子。中印度侨萨罗国舍卫城的富商,性慈善,好施孤独,因有此名。

"世人们！六月里的云霞

洒下甘霖情愿牺牲自己。
大千世界上一切宗教里
　　　　施舍最第一。"

这声音仿佛湿婆天①的乐章
传自遥远的凯拉萨②深山里，
深深地震撼了红尘十丈中
　　　　欢醉的男女。

江山财富填不满国王心中的空虚，
忙碌的家主为家务的繁琐而叹息，
年轻美貌的姑娘们却无缘无故地
　　　　滚下了泪滴。

那为爱欲的欢乐而心跳的人们
回忆起逝去的昨夜的柔情蜜意，
正好似被踏碎了的花环上一朵
　　　　干枯的茉莉。

人们打开了自家的窗户，
眨动着睡意蒙眬的眼睛
伸出头来好奇地凝望着
　　　　薄暗中的街路。

"醒来，为佛陀施舍财富"的

---

① 湿婆天：印度教毁灭之神，同时也是再生之神。
② 凯拉萨：山名，意云妙高峰，湿婆的天宫所在地。

呼声传进沉睡的千门万户，
空旷的街心里独自走来了
　　　　　释迦的门徒。

珠宝商人们的爱女与娇妻
一捧捧把珍宝抛在街心里，
有人摘下项链，有人献出
　　　　　头上的摩尼①。

财主们捧出了一盘盘黄金，
比丘不睬，任它弃置在地，
只高喊着："为了佛陀我向
　　　　　你们乞求。"
尘土蒙上了施舍的锦绣衣裾，
金银珠宝泛异彩在晨光里，
给孤独长者却依旧手托着
　　　　　空空的钵盂。

"世人们，注意！福佑我们的
是众比丘的主人——释迦牟尼，
布施给他，你们所有财富里
　　　　　那最好的。"

国王回宫，珠宝商人也转回家去，
任何供养都不配作为敬佛的献礼，
舍卫国偌大的繁华城市在羞惭里
　　　　　垂下头去。

---

① 摩尼：珍珠。

太阳升起在东方的天际,
城市的人们已不再休息,
比丘从大街上缓缓踱进
　　　城边的树林里。

地上躺着一位贫穷的妇女,
身上裹着一件褴褛的破衣,
她走来跪在比丘莲花足前
　　　双手接足顶礼。
　妇人躲进树林,从身上
脱掉那件惟一的破布衣,
伸出手来,毫不顾惜地
　　　把它抛出林际。

比丘欢呼着高举双臂:
"祝福你,可敬的母亲,
是你在一念间圆成了
　　　佛陀的心意。"

比丘欢喜地离开城市,
头顶着那件破烂布衣,
前去把它献在释迦佛
　　　光辉的脚底。

1898 年 10 月

代 理 人

有一天,希瓦吉①
 在塞达拉堡门前
  清晨里忽然望见——
拉姆达斯,他的师傅,
 像穷人一样可怜——
  正一家家挨门化缘。
他想:这是怎么一回事!
 师傅竟拿着乞食的钵盂!
  他的家境一点也不贫寒!
一切他都拥有,
 国王匍匐在他脚前,
  他的欲望竟无法填满。
好像日夜把水倒在破碗里
 要消灭他的干渴
  全都是白费气力。
希瓦吉说:"倒要看看
 究竟给多少东西才能
  装满他行乞的钵盂。"
于是他拿起笔
 不知写了些什么,
  吩咐大臣巴拉吉:

---

① 希瓦吉(1630—1680):马拉塔联邦的盟主,曾统治印度西海岸全部马拉塔地带。他号召人民"为祖先的骨灰,为宗教的庙宇"起来反抗莫卧儿王朝的伊斯兰教统治,力图恢复祖国的独立。他是虔诚的印度教徒,但他对于一般的伊斯兰教徒并不歧视。

"如果敬爱的师傅
　　来到堡前行乞,
　　　　把这封信献在他的脚底。"

师傅走着,唱着歌,
　　在他的面前掠过了
　　　　多少行人、多少车马。
"啊!商羯罗①,啊!湿婆,
　　你赐给每人一个家,
　　　　却只许我走遍天涯。
安那普尔那女神②
　　担负了哺育宇宙的重任,
　　　　使一切众生皆大欢喜;
喂!毗利卡③!你永恒的乞士!
　　却把我从女神身边
　　　　抢来做了你的奴隶。"

唱完了歌曲,
　　洗过了午浴,
　　　　师傅才在宫门外出现——
巴拉吉一旁侍立
　　恭敬地向他行礼,
　　　　把书信放在他的脚前。
师傅满心好奇地
　　从地上把它捡起,
　　　　仔细地读着那封书简——
希瓦吉,他的徒弟

---

① 商羯罗:印度教大神湿婆的另一称号。
② 安那普尔那女神:湿婆的妻子难近母的另一称号。
③ 毗利卡:即湿婆。

在他莲花般的脚底
　　献上了自己的国土和王冠。

第二天,拉姆达斯
　来到国王面前,
　　说:"孩子,告诉我,
如果你把国土献给我,
　噢,你聪明能干的人啊,
　　那么如今你将如何?"
希瓦吉顶礼师傅说:
"把自己的生命献给你
　　愉快地做你的奴隶。"
师傅说:"好吧,
　背上这只口袋
　　和我一同求乞。"

希瓦吉陪着师傅
　手捧着乞食的钵盂
　　沿门挨户乞求供养。
孩子们看见国王
　惊惧地跑回家去
　　叫出了他们的爹娘。
无限财富的所有者,
　他发愿做个乞丐,
　　真是石头在水面上漂摇。
人们羞怯地给了布施,
　手簌簌地发抖,
　　心想,这是大人物在开玩笑。

碉楼上午炮响,

停止了生活的熙攘,
　　人们全都午睡休息。
拉姆达斯虔敬地
　　高唱着颂神曲,
　　　　欢乐闪烁在泪水里——
"嗨！你三界①的主宰,
　　你的心意我不明白,
　　　　一切归你所有毫无不足,
你却在人们内心深处
　　伸出求乞的手,我的主,
　　　　乞求那一切财富中的财富。"

天色已晚,师徒们
　　在城尽头堤岸边
　　　　河水里洗过晚浴。
煮熟了讨来的粥糜
　　师傅愉快地吃着,
　　　　也分了一些给徒弟。
希瓦吉笑着说：
"你曾把国王的骄傲杀死,
　　使他变成乞丐街头行乞；
我永远是你的奴隶,
　　如今你还有什么愿望,
　　　　受尽辛苦愿使师傅满意。"

师傅说："那么听我说,
　　你既作了坚定不移的允诺,
　　　　如今且换个样子将担子负起。

---

① 三界：天堂、人间和地狱。

我这样吩咐
　把献给我的国土
　　你且重新收回去。
现在我任命你
　做乞丐的代理——
　　国王原是卑微的托钵人。
你要尽国王的责任，
　但要记着这是我的职务，
　　你做国王要像没有国土的平民。

"孩子，拿去我的
　这件赭色衣服
　　带着我的祝福，
苦行者的破布衣
　当做神圣的国旗
　　插上你的国土。"
身为国王的弟子
　坐在河边默默不语，
　　深深的思虑簇上眉头。
牧童不再吹笛，
　牛羊成群归去，
　　太阳渐渐落在西山背后。

师傅拉姆达斯
　用黄昏的曲调
　　编唱着歌曲——
"把我装扮成国王
　留在尘世，你是谁
　　却想暗中逃避？
嗨，我心中的国王啊，

我只坐在踏脚凳上,
　　宝座上放着你一双旧履①。
黄昏已经来临,
　　再要我等待多少时候呢,
　　　　你还不回到自己的国土去?"

1898 年 10 月

---

① 旧履:据印度史诗《罗摩衍那》,十车王年老时受王妃要挟放逐了嫡长子罗摩,立庶出的儿子婆罗多为太子,心中忧伤,不久死去。婆罗多不满母亲的所作所为,誓不继承王位,他将罗摩穿过的鞋子放在王座上,一切典礼祭祀先在鞋子前举行,表示他的统治国土只不过代理他的长兄,罗摩的鞋子是王权的标记。在这里是替神行道的意思。

婆 罗 门 *

萨拉斯瓦蒂河边苍茫的林阴里
落下了黄昏的太阳;隐士的弟子
头顶着柴捆回转安静的净修林;
疲倦的神牛眨动着深沉的眼睛
踱进牛栏;洗过晚澡,弟子们
环坐在师傅圣者乔答摩的足前。
茅屋的天井里祭坛上火光闪闪,
无边辽阔的天空里坐着一列列
繁星,一声不响像眨着好奇的
眼睛凝望着师傅的学生。圣者说:
"喂!孩子们,现在听我讲颂《吠陀》①。"
乔答摩的声音冲破净修林的寥寞。
　　　　这时候,有一个
年轻的孩子走进天井,手捧着献礼,
他奉上鲜花蔬果,虔诚地礼拜着
圣者乔答摩的莲花似的双足说:
"师傅,我住在拘尸凯德罗,我的
名字叫苏陀伽摩,怀着学习《吠陀》的
愿望前来拜见师傅。"孩子的声音
清脆如黄雀,甜蜜像甘露。
　　　　乔答摩听了,微笑着

---

* 这故事取自《歌赞奥义书》。
① 《吠陀》:印度古典经籍有四部最重要的著作,叫做四《吠陀》,即《梨俱吠陀》、《娑摩吠陀》、《夜柔吠陀》和《阿闼婆吠陀》。"吠陀"是"智慧书"的意思。

和蔼地对他说:"可爱的,我给你祝福。
孩子,你属于什么种姓①？你要知道
只有婆罗门才有权利诵习圣典《吠陀》。"
　　　　　孩子低声说:
"师傅,我不知道自己属于哪个种姓,
请允许我,回去问了妈妈,明天再
来向您说。"
　　　　　孩子辞别了师傅,
在浓密的黑暗里穿过林间小路,
渡过清澈的萨拉斯瓦蒂河,独自
转回家去。河滩上静卧着沉睡的
村庄,庄尽头是母亲的破茅屋。
　　　　　灯光闪亮在茅屋,
门外面遮婆罗伫望着儿子的归路。
苏陀伽摩走近她的身边,遮婆罗
把他抱在怀里,吻着他的头发
喃喃地给他祝福。苏陀伽摩说:
"告诉我,妈妈,谁是我的父亲？
我出身于怎样的家庭？我曾拜谒
圣者乔答摩,他对我说:'孩子!
只有婆罗门才有权利诵习《吠陀》。'
妈妈,我的种姓是什么？"
　　　　　听了孩子的话,
母亲的头低下,半晌轻轻地说:
"妈妈的青春被穷困盘踞着,
我曾经做过不少男人的奴隶。
你生在没有丈夫的女人的膝下,

---

① 种姓:印度有四大种姓:婆罗门(僧侣、知识分子)、刹帝利(武士)、吠舍(商人)、首陀罗(奴隶、劳动人民)。前三个种姓是高贵的再生种姓。

妈妈不知道你的种姓是什么。"
　　　　　　第二天,
曙光潇洒地照耀在净修林的树梢,
圣者乔答摩的弟子们早已起床;
容光焕发如晨曦中晶莹的朝露,
虔诚圣洁如祈祷时流下的泪珠。
晨浴后皮肤发出红润的光泽,
头顶挽着湿漉漉的发髻。他们
环坐在榕树的浓阴下,围绕着
圣者乔答摩。百鸟轻声合唱着
欢愉之声,蜜蜂漫长地嗡营着,
潺潺的河水轻轻地打着节拍,
伴随着它们而起的是弟子们
各种幼嫩的嗓音有腔有韵地
背诵着虔诚动人的《娑摩吠陀》①
赞歌。
　　　　　　这时候,苏陀伽摩
来到圣者身边,躬身向他摸足致敬,
默然不响睁大了一双真诚的眼睛。
"愿你幸福,善良美丽的孩子。"
圣者乔答摩又重复昨晚的讯问:
"你属于哪个种姓?"孩子扬起头说:
"师傅,我不知道我属于哪个种姓。
我问过母亲,母亲说:'苏陀伽摩,
你生在没有丈夫的遮婆罗的膝下,
妈妈曾侍奉过不少男人——不知道
谁是你的父亲。'"
　　　　　　听了苏陀伽摩的话,

---

① 《娑摩吠陀》:意译为"歌咏明论",是司祭们在祭祀时歌咏用的赞神歌的总集。

乔答摩的弟子像受惊的群蜂立刻
张皇失措——营营不休纷纷议论着。
有的讪笑,有的替他害羞,有的
骂着:"无耻的非亚利安贱种!"
　　为孩子的坦白深深感动,
圣者乔答摩离开坐席伸出双臂
把苏陀伽摩抱在怀里说:"孩子!
你不是一个非婆罗门,你属于
再生种姓里最高的种姓,你生于
一个从不欺骗人的婆罗门家庭。"

1893年2月

卖　头

再没有人比得上侨萨罗国王①，
他赢得大千世界一致的赞扬；
他是弱者的庇护人，
是穷苦百姓的爹娘。
忿怒燃烧在迦尸②国王的心里
　　当他听到了这个消息；
"迦尸的人民——我的百姓
　　竟把他看得比我还重？
卑微的弹丸小邦的君主
　　竟比我更能普施广济？
什么信仰、喜舍、慈悲全是假的，
　　这只是他对我的挑战与妒嫉！"
迦尸王传令："将军！拔剑出来，
　　集合全部人马出征！
侨萨罗王显然过分狂妄，
　　竟想超过我迦尸王的威望！"
迦尸王披上战袍走上战场——
　　战场上被击败的是侨萨罗王。
侨萨罗王羞惭地离开了国境
　　逃亡在遥远的森林里隐居起来。
迦尸国王坐上宝座

---

① 侨萨罗：古印度国名，在中印度境，波斯匿王之领地，即今俄得地方。
② 迦尸：古印度国名，在中印度境，侨萨罗之北邻，即今贝拿勒斯地方。

微笑着对他的臣僚说:
"谁有权力就能够保住黄金钱财,
　　也只有他的施舍才是无限慷慨!"

人们哭着说:"强暴的罗睺①
　　竟连明月也一口吞噬?
漠视品德的幸运女神拉克什米啊,
　　也只会趋炎附势!"
四面八方扬起一片哭声——
"我们失去了父亲!
我们憎恨那
　　与全世界的朋友为敌的人!"
迦尸王听了十分震怒:
　"为什么京城里充满了愁云惨雾?
有我在这里,为了谁
　　人们这样哭哭啼啼?
是我神武赫赫征服了敌国,
　　如今倒好像是我败在敌人手里!
法典上原有明文规定:
　'斩草除根,决不可放松敌人。'
曼特里②! 快传旨在京城
　　并向全国宣布——
生擒憍萨罗王的人
　　国王将赐给他百两黄金。"
于是使者沿门挨户传布国王命令
　　日日夜夜不敢稍停,
人们气愤地捂着耳朵

---

① 罗睺:星名,相传为蚀日月之星。又:神名,为阿修罗之一种,能举手障碍日月,使诸天苦恼。
② 曼特里:即大臣。

战栗地闭上眼睛。

失国的侨萨罗王在森林里徜徉
　　穿着又脏又破的粗布衣裳,
有一天,一个迷途的过客来到他面前
　　含着眼泪求他指示方向:
"隐士啊,这座森林有没有边际?
　　走哪条路才能到侨萨罗去?"
侨萨罗王听了说:"那是一个不幸的国度,
　　是什么缘故驱使你到那个地方?"
过客说:"我是一个商旅,
　　货船被风浪打沉在海底,
现在我只是苟延残喘
　　伸出手来沿门行乞。
侨萨罗王是仁慈的海洋,
　　他的声名扬溢四方,
无依无靠的人从他那里得到庇护,
　　贫苦人在他的宫里得到怜惜。"
侨萨罗王的脸上掠过一丝微笑
　　泪水闪烁在眼睛里,
沉思了半晌,
　　深深地叹了一口气:
"我将指引你一条去路,
　　通向你所渴望的目的地
你来自远方受难的客人啊,
　　在那里将满足你的心意。"

迦尸王正在上朝,
　　来了一个蓬头垢面的隐士,
迦尸王含笑问道:

"隐士,你到我这里为了什么事?"
"我是㤭萨罗王,居住在森林里。"
林中的隐士从容地说:
"请把百两黄金交给我的同伴吧,
 算是生擒我的赏格。"
大臣们个个吃惊,
 宝殿上一片寂静,
连那手执甲仗的侍卫
 也已眼光晶莹。
迦尸王沉默了片刻
 突然大笑着说:
"哦!你想用死亡来战胜我,
 这真是个高明的计策!
我要使你的希望成空,
 教今天的战场上,胜利属于我,
我将归还你的疆土,
 我的心也将向你归服。"
衣衫褴褛的㤭萨罗王
 被扶上宝座,
迦尸王给他戴上王冠,
 百姓们大声欢呼着。

1898 年 10 月

供 养 女*

频婆娑罗王①
跪在佛陀座下
求得一片趾甲,
把它供养在御苑深处,
珍重地在上面建起一座
庄严无比的大理石宝塔。

黄昏时,皇后和公主们
换上素洁的衣衫
捧着礼佛的金盘,
在塔下献上鲜花,
亲手点亮金盘里
一行行黄金灯盏。
阿阇世王坐上
父亲的七宝座,
他用汪洋的鲜血
冲洗尽父王的佞佛,
把释迦牟尼的经典
献给了阿那罗②的烈火。

---

*　　这故事见《撰集百缘经》。
① 频婆娑罗:意云"影胜"。佛在世时,他是摩竭陀国王,崇信佛法,后被其子阿阇世王幽囚于七重室内。
② 阿那罗:印度教火神。

阿闍世王召集全体
宫廷妇女，对她们说：
"除了敬拜《吠陀》、婆罗门和国王，
宇宙间再不许你们有第二种信仰。
这命令必须牢记在心——
如不遵从，定有灾殃。"

在一个秋天的向晚——
净水沐浴后的
宫女师利摩蒂
照例捧着礼佛的金盘，
悄悄地来到太后座前。
默默俯视着她的脚尖。

太后恐惧地抖颤着申斥说：
"国王宣布的禁令
莫非你竟敢违抗——
礼拜佛塔的人
不是死在矛尖，
就是流放远方。"

她悄悄地走进
皇后阿弥达的妆阁——
皇后刚梳起
拖地的长发，
正对着宝镜，专心地
在发缝里点染着朱砂一抹。

看见了师利摩蒂
皇后气得手指发抖。

竟抹弯了发缝里的朱砂。
"蠢东西,胆量这么大!
竟敢带来敬佛的鲜花!
被人看见岂不可怕!"

公主苏格罗
独自坐在窗前,
趁着落日的光芒
正在默诵故事诗篇,
忽然听见门外脚镯声响
连忙从书本上移开视线。
她把迷人的诗篇抛在地上
慌忙跑到师利摩蒂跟前,
担心地在她耳边悄悄说道:
"国王的命令如今谁不知晓?
你这样不顾一切
只怕死罪难逃。"

师利摩蒂在宫里
走遍千门万户。
"姊妹们,时候到了,
我们要尽到敬佛的礼数。"
有人害怕,
有人咒诅。

白日最后的光芒
已从城楼上褪尽。
市声变得微弱,
路上断绝行人,
国王古老的神祠里

传出了一声声晚祷钟声。

秋夜透明的薄暗里
有无数小星闪烁。
宫门外响起了号角,
囚徒们唱起了晚歌。
"大臣的会议已结束"——
执甲的侍卫齐声高呼着。

就在这一刹那间
后宫卫士们看见:
国王幽静的花园里,
宝塔阴暗的石阶前,
骤然亮起一行行明灯,
好像光闪闪的黄金花鬘。

卫士们拔出剑来
飞奔着赶上前去。
"嗨!你是哪一个?
竟敢冒死供养佛陀!"
传来了甜蜜的声音:
"我是师利摩蒂——
佛陀的奴隶!"

那天白石的塔阶上
写下了鲜血的记录。
那天凉秋初夜里
寂寥的御苑深处

窣堵波①下熄灭了
最后的供养灯烛。

1900 年 9 月

---

① 窣堵波:塔。

密　约*

曾经有一天,尊者邬波笈多①
酣睡在秣菟罗②幽僻的城根,
那时候,街灯已在风中熄灭,
城里的人家也都关紧了大门,
天空中有深夜的几颗小星
在雨季的浓云里闪烁。

是谁的脚镯丁当的纤足
突然轻轻地踏在他的身上?
尊者含惊地翻身坐起,
蒙眬的睡意立刻飞去——
刺痛他美丽的眼睛的
是亮闪闪一片灯光。

这城里的舞女,春情荡漾
深夜里急切地去欢会情郎,
她身上穿着一件天青色的衣裳,
镶嵌着珠玉的环佩丁冬作响。
一脚踏在尊者身上,瓦萨婆达多

---

* 这故事见《菩萨譬喻鬘论》。这是一部记菩萨在过去时代所修种种苦行的佛教故事书。
① 邬波笈多:人名,佛涅槃后一百年生,阿育王的师傅。
② 秣菟罗:意云"孔雀"或"蜜"。地名,在中印度,城东五六里有山寺,为邬波笈多所造。

停止了匆匆的脚步,无限惊慌。

手执着纱灯仔细端详
尊者是多么年轻漂亮——
红润的嘴唇上飘浮着温柔的微笑,
明亮的大眼里流露着慈祥的光芒,
丰满白皙的额头上闪耀着
月光似的一片宁静与安详。

眼睛里满含着羞涩
女人温柔动情地说:
"少年人,我请求你原谅。
为什么不可以到我家去?
这冷冰铁硬的湿地
不应该是你的睡床。"

邬波笈多尊者温柔地回答说:
"哦!美貌多情的姑娘!
如今还不到我和你密约的时期,
你且去你要去的地方,
等到时机成熟的那一天,
我会亲自走进你的闺房。"

骤然间暴风雨在闪电里
张开了狰狞可怕的巨口,
瓦萨婆达多在恐怖中瑟瑟发抖;
毁灭宇宙的狂风在空中呼啸,
天上隆隆的雷霆大声地
发出一阵嘲弄人的狂笑。

距那次相见,
还不到一年。
又是一个四月的黄昏,
春风变得更为温情迷人,
路边树枝上缀满了花蕾,
御苑里盛开着茉莉与素馨。

远方吹来的轻风
送来婉转醉人的短笛声,
倾城的男男女女
都到秫菟罗林中去欢度迎春,
只有天上一轮微笑的明月
凝视着寂静无声的空城。
月光下行人稀少,
尊者独自漫步在林间小道。
头顶上绿叶丛中
杜鹃在一声声婉转啼叫。
莫非今夜正是
他欢会情人的良宵?

远离了城市,
尊者向城外走去,
他突然在护城河边停步不前,
那女人是谁呢?
独自躺在芒果林的阴影里
正在邬波笈多的脚边?

无情的鼠疫猖獗地蔓延,
瓦萨婆达多也受了传染,
雪白的肌肤上

布满了漆黑的斑点,
被城里的居民
丢弃在护城河边。

尊者把昏迷了的女人
轻轻放在自己的膝头,
用清水润湿了她干渴的双唇,
在头前为她低颂着经咒,
又亲手在她的全身
抹上了清凉的檀香油。

月夜里飘落着盛开的花朵,
枝头的杜鹃声声地悲啼着。
女人轻轻地说——
"你是谁?这样慈悲?"
尊者回答说:"瓦萨婆达多,
是邬波笈多今夜特来和你相会。"

1900 年 9 月

报　答

"御库里竟出了盗案,把匪徒
立刻捉来带到我面前;不然,
小心身首异处吧,守城官!"
守城官奉了国王的命令,大街
小巷挨家挨户四出搜查贼人。
城外破庙里蜷卧着瓦季勒森——
一个商人,德克西拉的居民。
为卖马来到迦尸,遭到强盗的
洗劫,正失望地打算回故乡去。
巡逻们捉住了他,硬说是匪徒,
加上枷锁,要把他带进监狱。

这时候,夏玛——迦尸的美女,
正坐在窗前懒洋洋地闲望着
街上的洪流——眼前梦一般的
人群的来去。忽然她吃惊地
喊道:"哎呀,这因陀罗①一样
高贵美貌的少年,是谁把他
像强盗贼似的锁上沉重的铁链?
快去,啊,亲爱的使女,
用我的名义告诉守城官——
说夏玛请他呢,请他光临

---

① 因陀罗:印度吠陀神话中众神之长,掌管雷雨,貌俊美。

寒舍把囚徒带到我的面前。"
夏玛名字的魔力如同符咒,
受宠若惊的守城官听了这
邀请,快乐得毫毛发抖。
他立刻走进房门,背后是
罪犯瓦季勒森——两颊涨得
通红,羞愤地低垂着头。
守城官笑着说道:"真不凑巧,
在这个时候奉到您的宠召;
现在,我必须回复王命去,
美丽的姑娘,我请求你允许。"
瓦季勒森突然抬起头来说道:
"喂,女人,你耍的什么把戏!
从路中心把我牵到你家里,
嘲弄这无辜受辱的异乡人
来满足你冷酷无情的好奇!"
"嘲弄你!"夏玛叫道:"我情愿
献出全身珠宝换取你身上的
铁链。远方的青年啊,如今
污辱你就等于污辱我自己。"
这样说着,夏玛的睫毛上闪着
泪珠的一双眼睛凝望着异乡人
似乎要把他所受的污辱用泪水
洗去。她转身对守城官请求说:
"拿去我的一切,释放这囚徒吧。"
守城官说:"美人啊,你的要求
我不得不拒绝。抢劫了国库,
不杀人怎能平息国王的忿怒?"
握紧了守城官的手夏玛低声说:
"我只请求你对这犯人缓刑两天。"

守城官对她会心地微笑着轻轻
说道:"你的吩咐我将铭刻心田。"

第二晚的夜尽时分,狱卒轻轻
打开了牢门;夏玛手执着纱灯
走进监牢,黎明将被处决的
瓦季勒森正在低颂着神名祈祷。
女人暗示地目光一闪,狱卒
立刻前来打开了囚犯的铁链。
瓦季勒森不胜惊奇地呆望着
女人莲花似的无比美丽的脸。
他哽咽着低声说:"你是谁?
给我带来光明,正像黎明在
噩梦谵语之夜过后带来晨星。
你是谁?啊,你自由的化身,
残酷的迦尸城中慈悲的女人!"
"慈悲的女人?"夏玛惊叫着发出
一阵狂笑,阴森可怕的监牢里
惊起了一阵新的恐怖与纷扰。
女人一再狂笑着又继以哭泣,
伤心的泪珠跌落如一阵骤雨。
女人呜咽着说道:"夏玛的心
比迦尸街心的石头更加铁硬,
比夏玛更无情的人再也没有。"
女人说着紧紧握着犯人的手臂
把瓦季勒森从牢狱里带了出去。

曙光一线,闪烁在瓦鲁纳河岸。
小船系在渡口,女人站在船头——
"喂,上船来,不相识的青年,

我只有一句话请你记在心头——
挣脱了一切羁绊,最亲爱的,
我和你同船在这条河上漂流。"
解开系船的绳索,小船轻轻地
滑动着,林鸟低唱着欢娱之歌。
把夏玛抱在怀里,瓦季勒森说:
"亲爱的异乡女友,告诉我,你
花了多少财产买得我的自由?"
紧紧拥抱了他,夏玛悄悄地说:
"别做声!现在还不到说的时候。"

小船在炙人的热风里顺流漂荡,
正午的天空中升起酷热的太阳
洗过午浴穿着湿衣的村中妇女
头顶着汲水的铜罐正走回家去。
市集已散场,人声喧哗已停息,
孤寂的村路默默闪耀在阳光里。
榕树浓荫下有青石砌成的渡口,
饥渴的水手在那里停泊了小舟。
这时候,鸟雀躲在树阴里午睡,
慵懒的蜜蜂营营着倦人的长昼。
忽然,一阵带着稻香的正午的
热风掠过,吹下了夏玛的面纱;
瓦季勒森心跳着,声音窒息地
在她耳边说:"亲爱的,知道吗,
就在你给我打开铁链的那一刻,
又给我带上了永恒的爱的枷锁?
你如何完成解救我的艰难工作,
亲爱的,请告诉我其中的经过。
你为我做了什么,我发誓要以

生命来报答。"夏玛掩上了面纱,
轻轻回答说:"现在且不来谈它!"
白昼的光船卷起了金色船帆,
缓缓地驶向远方日落的口岸。
靠近岸上是一片森林的河边,
晚风里,停下了夏玛的小船。
无波的水面上闪烁着初四的
纤纤月影,树根下的幽暗里
抖颤着琴声似的蟋蟀的低鸣。
夏玛熄灭了灯光,默默坐在
窗口,头依在青年的肩上。
她的蓬松的长发散发着异香
掩盖着青年的胸膛,滑软如
波浪,漆黑像一面睡眠的丝网。
她低声说:"我为你所做的事
真是非常艰巨,但要告诉你,
最亲爱的,更是十分不易。
我只简单地告诉你,你听了
千万要立刻把它从心中抹去。
是那个疯狂地单恋着我的
少年乌蒂耶,在我的吩咐下
代替你承担了那桩盗窃案,
用他的生命作了爱情的献礼。
这是多大的罪恶,我的知己,
我这样做,只是为了我爱你。"

纤月西坠,森林背负着千百鸟雀的
睡眠沉沉矗立。那环抱着女人的
腰肢的爱人的双臂,慢慢地松缓,
分离的残酷悄悄地沉落在两人中间。

瓦季勒森沉默着如一尊冰冷的石像，
夏玛像折断了的藤蔓一样倒在地上。

忽然，女人抱紧了青年的膝头，
跪在他的脚边，哭着低声哀求：
"这罪恶的严厉惩罚，且让它留在
上帝的手里吧，我为你才做了
这样的事！爱人啊，原谅我吧！"
移开他的脚，瓦季勒森大喝道：
"用你罪恶的代价买取我的生命，
这生命真是多么应该被咒诅！
无耻的女人！可耻生命的债主！
你给我每一呼吸都带来了耻辱。"
他跳下船，登上岸，走进森林里。
黑暗里，枯叶在他脚下沙沙作响，
腐草散发出扑鼻的霉烂气息，
老树向四方伸展着无数杈桠的
树枝，形成的黑影万怪千奇。
他行行重行行，直到路已不通——
整个森林伸出缠满乱藤的手臂，
暗中默默地阻拦着他再向前走去。
他疲倦地坐在地上休息，那像
幽灵一样站在他背后的是谁呢——
那一声不响，一步步追踪前来，
在漆黑的长途中留下血淋淋的
脚迹的？瓦季勒森握紧拳头
嚷道："你还不放我过去？"女人
闪电般飞来，扑到他的怀里，
她的蓬松的头发，馨香的衣裙，
急喘的呼吸，雨一般的密吻

像洪水一样淹没了他的身体。
夏玛哭着说:"我不离开你,不,
我不离开你。为你我犯了罪,
惩罚我吧,我的主人,假使你
愿意,杀死我,用你自己的手
来结束我的罪恶。"突然,黑夜
在透不进星辰的森林里发抖,
地下弯曲的树根也恐惧地战栗。
窒息中挤出了一声绝望的叹息,
之后,有谁跌倒在地上枯叶里。

瓦季勒森从森林中走出来的时候,
第一道晨光正射在远方湿婆庙顶。
整个早晨,他像疯子一样茫然地
在河边寂寥的沙滩上徘徊不停。
正午燃烧着的阳光,火鞭一样
抽打着他的全身,他口渴难忍,
却不知道喝一口眼前滚滚的河水。
他不理睬汲水村女怜悯的招呼——
"请到我家休息吧,你远方的客人。"
晚上,他疲倦不堪地奔回小船
像飞蛾怀着热切的希望扑向灯火。
啊!小床上,横着一只玲珑的脚镯!
他一次又一次地把它紧贴在胸口,
那镯上金铃的细响也一次又一次
像箭一样刺进他的心窝。船角里
放着一件蓝色纱丽,他扑在上面
把脸埋在皱褶里——那丝的柔软,
不可见的香气,不自主地使他
勾起那可爱、动人的身材的回忆。

晶莹的初五的纤月,慢慢躲在
七叶树的后面,瓦季勒森伸手
向森林呼唤:"回来吧,亲爱的!"
森林的浓密的黑暗里有人影
出现,幽灵似的独立在沙滩。
"来,亲爱的!""我已经回来了,"
夏玛扑在他的脚前说:"原谅我,
最亲爱的,你那慈悲的手不曾
将我杀死,想是我命不该绝。"
瓦季勒森望着她的脸,伸出
双手把她抱在怀里,突然一阵
战栗,又用力把她推得远远地。
他惊叫着:"哦,为什么,哦,
为什么你又回来?"闭上眼睛,
把脸掉开,轻轻说:"走开吧!
不要跟着我。"女人沉默了片刻,
于是跪在地上向青年摸足行礼,
然后向岸边走去——像梦一般地
渐渐消失在森林中的黑夜里。

1900 年 9 月

轻微的损害

腊月里,寒风吹起
　瓦鲁纳河清澈的涟漪。
远离城市的乡村里,寂静的
芭蕉林中,石砌的堤岸上
走来了迦尸的皇后格鲁那,
　一百名宫女拥簇着正去沐浴。

在国王的禁令中,清晨的
　河堤上不见人影;
住在附近几座茅屋里的
　人们早已回避,河边
一片岑寂,只有树林中
　呜啭着鸟雀的轻啼声。

瓦鲁纳河水翻滚在
　轻轻喧啸着的北风里,
水面上闪耀着金色的阳光,
欢乐地跳跃着的层层波浪,
像狂舞着的舞女飘荡着
　缀满耀眼珠宝的裙裾。

女郎声音的甜蜜
　羞赧了浪花的私语;
莲藕似的美丽的手臂

搅起了河水缠绵的情意；
青天不安地俯视着水中
　　纵情欢笑的一百个宫女。

洗完了澡，女郎们
　　登上了堤岸——
皇后说："哦，真冷！
我的全身都在发抖，
生起火来吧，朋友，
　　让烈火驱除严寒。"

女郎们走进树林
　　搜集柴草准备燃火，
她们欢乐地拉着
树枝争争夺夺；
忽然皇后召唤着大家
　　惊喜地含笑说：

"你们来呀！看那边
　　是谁的茅屋就在眼前？
你们把它点起火，
让我暖和一下手和脚。"
皇后兴奋地说着笑了，
　　笑得和蜂蜜一样甜。

宫女马乐蒂温柔地说：
　　"皇后！这是无益的戏谑。
为什么要放火把它烧毁，
修造这茅屋的知道是谁？
可能是穷人，或者异乡作客，

也许是修道的隐居者。"

皇后说:"抛过一边去
　这廉价的慈悲心肠!"
难以制止的好奇心,
疯子一样的狂妄,
把茅屋点起火的是这些
　残忍的年轻女郎。

浓烟旋卷着旋卷着
　喷吐四散。
只一刹那间,浓烟里
迸出了闪亮的火花,
烈焰伸出千百贪馋的
　舌头遮住了青天。

像一群愤怒的火蛇
　逃出撕裂的地狱,
头颈舞动着伸向天空
发出嘶嘶的咆哮声,
毁灭在女人耳边疯狂地
　吹奏着燃烧曲。

晨鸟惊惧地停止了
　欢快之歌。
阵阵乌鸦呱呱地啼叫着,
北风加劲地吹着——
茅屋接连着茅屋延烧起
　熊熊的大火。

毁灭的馋舌舔净了
　　河边的小村庄。
冷清清的路上,腊月的清晨里,
带着欢乐的疲倦,伴着百名宫女,
皇后归来了,青莲花拿在手里,
　　深红的纱丽穿在身上。

法庭里审判的宝座上
　　端坐着大地之主。
无家可归的人一队队走来,
恐惧地在他的脚前匍匐,
抖战着结结巴巴地
诉说他们的痛苦。

国王把头低下——
　　羞愤涨红了面颊。
他离开法庭,来到后宫,
质问皇后说:"这算干甚么!
烧毁穷苦百姓的房屋,
　　说吧!是依据谁的律法?"

皇后冷笑着说道:
　　"难道那也配叫做房屋!
烧掉了几间破草房
对他们会有多少损伤?
皇后一霎的欢乐不知要
　　消耗多少黄金财富。"

国王大声说——心中
　　塞满了愤怒之火——

"只要你还是国王的妻子,
　　　烧毁茅屋对穷人是多大的损失
　　　我知道你对这毫无所知;不过,
　　　　我会使你明白你的罪恶。"

　　　国王吩咐侍女脱去她
　　　　华丽的衣裳;
　　　无情地剥下了那件
　　　深红色耀眼的纱丽;
　　　拿来了女丐的破衣
　　　　披在皇后身上。

　　　国王把她拉在路边说:
　　　　"去做讨饭的乞丐;
　　　直到有一天你能把那
　　　在你片刻的狂欢里
　　　毁掉的几间破茅屋
　　　　重新修建起来。

　　　"我给你一年的期限,
　　　　期满我再回来,
　　　恭敬地站在法庭里,
　　　当众宣布,那破旧的
　　　茅屋的毁坏对穷人
　　　　究竟是多大的损害。"

　　　　　　　　　　　1900 年 10 月

价格的添增*

腊月的夜晚分外寒凉,
一片残荷的枯梗败叶
在无情的严霜里摇荡;
卖花人善奴的池塘里
却有白莲一朵
盛开在水中央。

卖花人采下白莲,
来在宫门外,
想求见国王,
把它善价出卖。

这时候,有一个长者,
看见莲花,心生喜悦。
他说:"你要多少钱?
我要买你这晚开的白莲。
今天,佛陀在城里说法,
我要把花献在他的座下。"
善奴说:"一两黄金,
我情愿卖掉它。"

长者正要付钱,忽然

---

* 见《撰集百缘经》第一"王家守池人花散佛缘"。但内容大有出入。

眼前一派气象庄严——
侍从们捧着檀香花冠,
波斯匿王①高颂着梵赞,
为参拜佛陀,他突然
清晨在宫门外出现。

这晚开的一朵白莲,
吸引了波斯匿王的视线。
他问道:"你要多少钱?
我要把它献在佛陀脚前。"

卖花人回答说:
"啊!国王陛下!
给了一两金子的代价,
这位长者已经买下它。"
"十两黄金我买它"——
吩咐着国王陛下。
长者说:"二十两
黄金卖给我吧!"
他们谁也不肯让步,
同声唤着:"我要买它!"
白莲花的价格
于是逐渐增加。

卖花人善奴暗自思想:
为了谁他们这般争吵?
我若把花卖给那个人,
岂不是更要得利不少?

---

① 波斯匿王:波斯匿意云"胜军"。佛在世时,舍卫国君主,传说他与佛同日生。

于是善奴合掌恳求：
"请陛下、长者原谅，
这朵花我不想卖了。"
卖花人向林中奔跑——
那里佛天常住，
园中光明普照。

佛陀端坐在莲座上，
显示明静愉悦妙相。
他目光宁静似清泉，
慈悲的微笑闪在唇边。

卖花人凝望着
佛的妙相庄严，
目不转睛默默无言。
忽然他五体投地
把那朵晚开的白莲
献在佛莲花似的脚边。

佛微笑着慈祥地问询：
"善男子！说出你的心愿。"
善奴惊慌地回答说："世尊！
我只要你脚上的灰尘一点。"

1900 年 10 月

比丘尼*

当时,大灾荒的
室罗伐悉底①城里,
到处是一片灾民
嗷嗷待哺的悲啼。
佛向自己的门徒
一一地低声问询:
"你们谁愿意负起
救济灾民的责任?"

珠宝商人悉多
合掌顶礼佛陀,
他沉思了半晌
最后才低声说:
"全城在饥寒里,
主啊!我哪有
救济它的能力?"

武士胜军接着说:
"为执行你的命令
我愿意赴汤蹈火,
甚至于剖开胸膛

---

* 这故事取自《如意树譬喻鬘论》。这是一部用韵文写成的佛教譬喻故事,内容一部分是从《撰集百缘经》改作,一部分从别的书中取材而成。
① 室罗伐悉底:即舍卫城。古中印度境憍萨罗国之都城。

献出鲜红的热血。
但是,我的家里
竟没有粮食一颗。"

法护是个大地主,
他对佛叹气诉苦:
"赶上了这种荒年,
我的黄金的田园
都变作荒芜一片。
我已是这样穷苦,
交不上皇家税赋。"

你望着我,我望着你,
佛的弟子们默默不语。
释迦佛殿里一片寂静,
面向着那受难的灾城
佛大睁着黄昏星似的
一双明亮慈悲的眼睛。

给孤独长者的女儿
低垂着头羞红了脸,
眼含着痛苦的泪水
匍匐在释迦的足前,
谦恭而坚决地低声
诉说着自己的心愿——

"无能的善爱比丘尼
愿满足世尊的心意。
哭喊着的那些灾黎
他们全是我的儿女,

从今天起，我负责
救济灾民供应粮米。"

这话使大家全都惊异——
"你比丘的女儿比丘尼
多么狂妄，不自量力！
竟把这样艰巨的事业
揽在肩头想出人头地。
如今你的粮食在哪里？"

她向大家合掌致敬说：
"我只有个乞食的钵盂。
我是一个卑微的女人
比谁都无能的比丘尼
因此完成世尊的使命
全靠你们慈悲的赐予。

"我的丰满的谷仓设置
在你们每个人的家里，
你们的慷慨会装满我
这个取之不尽的钵盂，
沿门募化得来的粮食
将养活这饥饿的大地。"

1900 年 10 月

不忠实的丈夫*

圣者克比尔①虔诚的声誉传遍了全国各地,
他的茅屋里聚集着来自四方的善男信女。
有人说:"世间真有神在吗?请你作见证。"
有人说:"请为我诵经,驱逐我的疾病。"
有人说:"请显示你天神般的法力。"
不孕的女人哭着说:"请使我生育。"

克比尔含着泪合掌乞求大神诃利②:
"你使我降生在卑贱的穆斯林家里——
我以为没有谁会到我的身边来,
只有你慈悲地背着人与我同在。
你耍的什么把戏啊!捉弄人的诃利!
引世人到我家里,莫非你想离我远去?"

---

* 这故事取自《敬信鬘》。
① 克比尔:印度宗教改革家。约于1440年生于贝拿勒斯。父亲是伊斯兰教徒,他却在幼年即皈依印度教大师罗摩南达(十五世纪初印度教改革家)为弟子,他反对虚伪的宗教仪式,反对职业的僧侣,他认为念珠不过是木头做成的,神像只不过是冷冰的石块,罗摩与克里希纳不过是死去了的人,《吠陀》与《古兰经》只不过是空话:剃头匠,洗衣妇,木匠比僧侣更容易接近上帝。他追求真理,追求爱。真理只有一个,因此"上帝是惟一的,不管你把它当做罗摩和安拉敬拜都可以"。他的教义遭到顽固婆罗门的反对,约在1495年当他将近六十岁的时候被逐出贝拿勒斯,一直在北印度各地流浪,1518年在玛加尔逝世。他并不是一个出家人,他有家庭,以织布为业,也没有受过很好的教育,但是由于他对于神和爱的追求,却留下了不少淳朴动人的宗教诗篇。他的赞歌在北印度家喻户晓,他的信徒直到现在也还不在少数。泰戈尔曾把他的诗译成英文,在他的诗集《吉檀迦利》中也还能看到克比尔对他的影响。
② 诃利:即印度教保护神毗湿奴。他有一千个称号,诃利是其中的一个。

城里所有的婆罗门气愤地互相商量:
"真荒唐,人们竟崇拜异教徒的织布匠!
这真是充满罪恶的世界末日已来临,
不挽回狂澜,那是婆罗门放弃责任!"
于是,婆罗门和一个妓女定下诡计,
秘密地给了她指示,金币递在她手里。

有一次,圣者克比尔卖布来到市集,
突然人丛里有女人拉住他哭哭啼啼。
"喂,你狡猾的骗子,太没有良心,
为什么这样暗地里欺骗善良的女人?
抛弃无罪的我,假冒伪善装作僧侣!
少吃无穿,我容颜憔悴,肤色如漆。"

近旁的一群婆罗门假装着盛怒难忍:
"好个玷污宗教欺世盗名的出家人!
你安受供养,却撒沙土在诚实人的眼里,
使这柔弱可怜的女人饥寒交迫沿门行乞。"
克比尔说:"我是有罪的,到我家去吧,
我有粮食,女人,为什么叫你挨饿呢?"

克比尔恭敬地把坏女人带回自己家里,
温和地对她说:"是诃利大神派你来的。"
这时候,女人羞惧、悔恨地低声哭泣:
"贪心使我犯罪,我将在你的咒诅中死去。"
克比尔说:"尊敬的母亲,别怕我因此而怨恨,
你给我带来的诽谤,是我头上最好的装饰品。"

唤起了女人的觉悟,赶去了她心中的邪念,
克比尔教给她以甜蜜的声音低颂着梵赞。

消息传遍四方——伪善的克比尔,虚假的虔诚;
克比尔听了说:"是的,谁都比我值得尊敬。
如果能登彼岸,身后的荣誉又何足留恋?
神啊,如果你在上面,我甘愿比谁都低贱。"

国王听到了圣者的赞歌,派来了使者。
克比尔拒绝前往,摇着头对使者说:
"我远离一切可敬的人,在屈辱中隐遁,
像我这样的废人,不配做宫廷里的装饰品。"
使者说:"圣者不肯前去,我们将遭不幸,
你的声誉,引起了国王渴望见你的心情。"

宝殿上坐着国王,两旁站满一列侍从;
女人紧跟在背后,圣者克比尔走进宫廷——
有人窃笑,有人皱眉,有人厌恶地低下头。
国王心想:多么无耻,竟有女人跟在身后!
他目光一闪,侍卫们把出家人赶出宫殿,
克比尔恭敬地带着女人回转自己的家园。

途中尽情欢笑着的是那些婆罗门,
他们用难堪的话嘲笑咒骂着出家人。
这时候,女人哭泣着在圣者脚前拜倒:
"为什么你要把我拯救出罪恶的泥沼?
为什么甘受诽谤,留罪人在你门内不放?"
克比尔说:"母亲,只因你是诃利的恩赏。"

1900 年 9 月

丈夫的重获[*]

有一天杜尔西达斯[①]在恒河岸边
　　荒凉的火葬场里，
黄昏时候，独自徘徊着沉醉于
　　自己编制的歌曲。
他忽然抬头看见，在亡人的脚底
　　端坐着一位萨蒂[②]；
决心要和她的丈夫在同一把
　　烈火中死去。
女伴们不断地以鼓舞的欢呼赞叹
　　她征服死亡的胜利，
婆罗门祭司围绕在四周朗诵着歌颂
　　她的至善品行的诗句。

忽然女人看见，杜尔西来在面前，
　　她慌忙行礼
恭敬地说道："主啊，愿你的金口

---

[*] 这故事取自《敬信鬘》。
[①] 杜尔西达斯：印度宗教改革家，也是印度近代大诗人之一。他是印度教中信仰罗摩一派的第七代祖师，他相信人不能自救，需赖罗摩的降生然后因他而得救度。他并且把基督教中神具大慈、降世救人的理论介绍到印度教里面来。这新起的教派在北印度很盛行。他是梵文学者，作品很多，但在人民中广泛流传的，只是他的以北印度口语所写的白话长诗《罗摩功行之湖》，这部诗的故事就是史诗《罗摩衍那》的故事，但并不是《罗摩衍那》的翻译，而有很多独创的文句。语言自然，音乐性很强。他于1532年生于德里附近，是一个婆罗门，但与民众很接近。曾娶妻生子。1623年卒。
[②] 萨蒂：丈夫死后，和丈夫一同焚身的节妇。

　　　　　给我指迷。"
杜尔西问道："母亲，到哪里去呢，
　　　　　这样地气象庄严？"
女人说："和丈夫一同升入天堂——
　　　　　这是我的心愿。"
"为什么舍弃尘世，要到天堂去？"
　　　　　杜尔西笑着说，
"喂，母亲，难道天堂属于神，
　　　　　尘世竟不是他的？"

不了解他的话，女人呆望着
　　　　　无限迷惘惊诧——
她合掌请求："如果能得到丈夫，
　　　　　天堂就随去吧！"
杜尔西笑着说："请回转家去，
　　　　　我这样吩咐你，
从今天起一个月后你将获得
　　　　　心爱的夫婿。"
女人满怀希望离开了火葬场
　　　　　走回家去，
杜尔西不眠地沉思在恒河岸边
　　　　　寂静的深夜里。

女人虔诚地独自等待在
　　　　　冷清的空屋里，
杜尔西每天前来传授她
　　　　　潜修的经句。
一个月的期限已满，邻居们
　　　　　来到她门前，
问道："获得了丈夫？"女人说：

"唔,那是当然。"

邻居们慌忙又问:"快告诉我们,他在哪间屋里居住?"

女人微笑着说:"我的丈夫居住在我内心深处。"

1900年9月

点 金 石*

瓦林达般的耶摩那河边
　　萨那坦①正在虔诚地默诵梵赞,
一个婆罗门穿着褴褛的衣衫
　　蹒跚地走来跪倒在他的脚前。
萨那坦问道:"你来自何处?
　　婆罗门,你叫什么名字?"
婆罗门回答说:"真不知道从何说起,
　　为参拜你,我来自遥远的小城市;
我是摩那伽尔镇的吉般,
　　小镇所属的县名叫巴尔特曼;
世界上再也找不出一个人
　　像我这样的不幸和可怜——
我有几亩薄田,收入却不能糊口,
　　贫困使我在人前不敢抬头。
从前我曾以布施和供献牺牲著名,
　　如今我两手空空,一无所有。
为了使贫困变为富庶
　　我曾向湿婆大神乞求赐福;
一天黎明前在梦里我听到
　　湿婆吩咐:'我将满足你的祷祝——

---

* 这故事取自《敬信鬘》。
① 萨那坦(1484—1558):胡森·沙哈朝廷的大臣,后归依孟加拉偏人宗(信奉克里希纳〔黑天〕的宗派)宗师柴丹耶(Chaitanya),弃官在瓦林达般苦修。为当时有名的梵文学者及诗人。

去到耶摩那河岸,
　　顶礼苦行者萨那坦的双足,
尊敬他如你的父亲,
　　在他的手里有你致富的道路。'"
萨那坦听了他的话心中忧急——
　　"出家人能有什么呢?
昔日的一切我早已全部捐弃——
　　只剩下个乞食的钵盂。"
忽然一件事爬上他的记忆,
　　苦行者说:"噢,是的,
有一天我曾在这河岸上
　　拾到一块点金石。
我把它埋在那边沙滩里——
　　想到将来用它做布施;
喂,婆罗门,把它拿去,
　　你的不幸会立刻消失。"
婆罗门连忙跑去扒开沙土
　　找到了那块点金石,
他在两只避邪锁上试一试,
　　立刻铁锁变成黄灿灿的金子。
婆罗门惊诧地坐在沙滩上——
　　困惑地独自沉思默想,
耶摩那河里的滚滚波浪
　　大有深意地在他耳边歌唱。
河对岸展开一幅朱红的图画——
　　西方正落下黄昏里疲倦的太阳,
婆罗门突然跪倒,眼泪汪汪地
　　额头紧压在萨那坦的脚上:
"师父啊,恳求你——传授我
　　睥睨珍宝,轻视黄金的秘密!"

婆罗门一边说着一边把
　点金石扔在耶摩那河水里。

1900 年 9 月

被俘的英雄

五河①环绕着的英雄之国
辫子盘在头上的锡克②
响应古鲁③的号召站起来了——
不屈不挠,勇敢、坚强。
"古鲁琪④万岁"的欢呼
在旁遮普四方回荡;
新觉醒的锡克
不转瞬地凝望着
清晨里新升起的太阳。
"阿拉克·尼朗姜⑤"——
一声欢呼拉断了
奴隶脚下的铁锁、绳缰。
腰间的宝剑也仿佛
在欢乐里锵锵跳荡。
旁遮普到处震响着——

---

① 五河:印度旁遮普省有苏特来吉、贝阿斯、季纳布、拉维和哲龙五条河流过,称五河之邦。
② 锡克:锡克教是那那克祖师(1469—1538)所创立。他原是印度教徒,但反对印度教的种姓制度、繁缛的宗教仪式和偶像崇拜,因而倡一神之说。他认为"上帝只有一个,名叫真理"。当时他所进行的只是一种宗教改革运动,没有确定这一宗派的名称,后来他的弟子们才定教名为锡克,意是"弟子"或"学生",因为信仰这种宗教的人都尊那那克为祖师,自认是他的弟子的缘故。
③ 古鲁:先生、导师的意思,这里是锡克教祖师的专称。
④ 琪:先生,大人。
⑤ 阿拉克·尼朗姜:锡克教胜利的呼号。意思是无形无影,无往不在,毫无瑕疵的神——真理。

"阿拉克·尼朗姜!"

终于来到了这样的一天——
千万人的心中不再被恐怖盘踞,
也不再牵挂什么未偿的债务①;
生与死只是脚下的奴仆,
精神上再没有烦恼痛苦。
在旁遮普五条河的十个岸边
终于来到了这样的一天。

德里的皇宫里
巴德沙贾达②的睡眠
一再从眼中飞去——
是谁的欢呼惊天动地
撕毁了深夜的沉寂?
是谁的熊熊火炬
染红了远处的天际?

英雄们的鲜血
洒在五河岸上——
战士们的生命像鸟儿
成群地飞回鸟窝一样
飞离了千千万万
被利刃刺穿的胸膛。
母亲——祖国的眉心里
有鲜红的圣痣辉煌,
英雄们的鲜血

---

① 债务:印度人一般相信,人一出世便对圣者(大仙)、天神及祖先欠下债。要以修梵行、供养、祭礼、传宗接代等义务来偿还。
② 巴德沙贾达:波斯语,伊斯兰教王子。

洒遍在五河岸上。

在死亡的拥抱中
莫卧儿和锡克交锋。
战场上进行着生与死的搏斗
双双掐紧对方的喉咙——
正像巨蟒恶斗着
负伤的苍鹰。
在那天的激战里
轰响着一片杀喊声——
低吼着"古鲁琪万岁"的
是锡克族的英雄，
在血泊中高呼着"胜利"的
是疯狂的莫卧儿士兵。

在这次战争里
锡克的首领般达①
成了莫卧儿的俘虏，
像雄狮带上锁枷
被捆绑着带上
通向德里的大路。
唉！般达在这次战争里
成了莫卧儿的俘虏。

前面走着莫卧儿军卒
扬起了路上的尘土，
枪尖上挑着被割下的

---

① 般达：锡克教第十世祖师戈宾德·辛格的弟子。戈宾德死后，般达成为锡克教的领袖。1715 年 8 月在古鲁达斯堡被俘，因拒绝改信伊斯兰教被杀。

锡克英雄的头颅,
后面跟着七百个
铁索锒铛的锡克俘虏。
大街上断绝了行人,
只家家大开着窗户。
不怕死的锡克俘虏
高呼着:"万岁,古鲁。"
锡克的英雄和
莫卧儿的军卒,
今天,扬起了
德里大街上的尘土。

俘虏们一个个
高呼着"万岁古鲁琪"
在刽子手的刀下
从容就义。
一天一夜里,
一百个英雄的
一百个头颅落了地。

七天七夜里七百个
生命在刀下完结。
最后,审判官把
捆绑着双手的般达的
儿子拉在般达身边,
说:"杀了他!用你
自己的手把他消灭。"

没有说一句话,
般达慢慢地把

孩子拉在胸前。
伸出右手放在孩子
头上给他祝福,
又吻了一下孩子
红色头巾的边沿。

匕首紧握在手中,
般达凝望着孩子的面孔。
他悄悄地在孩子的耳边说:
"高呼一声'古鲁琪万岁'!
我的好儿子,害怕的
不是锡克教的英雄!"
孩子的嫩脸上闪耀着
勇敢无畏的光辉,
口里高呼着:"古鲁琪万岁!"
法庭里回荡着孩子的呼声,
孩子凝望着般达的面孔。

般达用左臂
揽着孩子的头颈,
右手用力地把匕首
刺进孩子的胸口。
地面上倒下了
孩子的身体,
孩子口里高呼着:
"胜利,古鲁琪!"

法庭里一片死寂。
刽子手用烧红了的
火箸扯碎了般达的身体。

英雄屹立着死去——
不曾发出一声痛苦的叹息。
旁观的人闭上了眼睛,
法庭里是一片死寂。

1900 年 10 月

不屈服的人

  那时候,奥朗则布①
   正蚕食着印度的锦绣河山——
  有一天,马鲁瓦的国王
   佳苏般特前来朝见:
  "陛下,在一个漆黑的夜晚,
   有人埋伏在阿遮勒堡壕沟里
  悄悄捉住了西鲁希王苏罗坦——
   他现在是我宫廷里的囚犯。
  我的主人,请你吩咐,
   对于他,你希望怎样惩办?"

  奥朗则布听了说:
   "真是不可思议的消息!
  费尽时光居然捉到了
   这惊人的霹雳。
  他率领着几百山国健儿
  驰骋在高山丛林里,
  这位拉其普特②英雄像沙漠中

---

① 奥朗则布(1618—1707):莫卧儿帝国第六代皇帝,他在位期间是莫卧儿帝国最后全盛时期。
② 拉其普特:居住在拉其他食(印度西部印度河以南地方,现在的拉其斯坦)地方的一种勇武善战的民族。原是古代侵入印度的希腊、波斯等王族和印度亚利安人的混血种。自成一系,称拉其普特(王孙公子之意)。每一个拉其普特都以战死疆场为荣,后来成为抗拒伊斯兰教徒入侵的中心势力。

耀眼的彩虹一样飘忽来去。
我要召见他——
　　派使者带他到这里！"

于是马鲁瓦国王佳苏般特
　　低头合掌请求说：
"禁锢在我宫廷里的
　　是一只刹帝利种姓的幼狮，
陛下要见他——
请先恩准我的请求吧：
对于这年轻的武士
　　绝对不要侮辱和轻视。
我将亲自陪他前来，
　　如果陛下允许。"

奥朗则布微笑着回答说：
　　"你说的是什么话，
聪明无比的英雄
　　马鲁瓦的国王啊！
我的心里感到害羞，
因为这话出自英雄的口。
自尊的人谁能够
　　损害他的尊严？
告诉你，不必担忧，
　　尽管带他走进我的宫殿。"

西鲁希王来到朝廷上，
　　陪他前来的是马鲁瓦国王。
他气昂昂地抬着头，一双
　　向前平视的眼睛炯炯发光。

侍从们大喝道:"跪下,
　　不懂礼貌的强盗!"
头靠在佳苏般特的肩上
苏罗坦安闲地答道:
"除了父母的双脚,
　　我从不向任何人拜倒。"

奥朗则布的侍从
　　气红了眼瞪视着苏罗坦:
"我要教会你行礼;
　　我会叫你把头低下。"
西鲁希王笑着回答:
"休做此想吧!
威胁不会使我低头,
　　我向来不知道什么是惧怕。"
宫殿里挺立着英雄苏罗坦,
　　手抚着腰间的长剑。

奥朗则布拉过苏罗坦
　　让他坐在自己身边,
问道:"英雄,五印度中间
　　什么地方最称你的心愿?"
苏罗坦答道:"阿遮勒堡,
世界上只有它最好!"
肃静的朝堂上断续地
　　发出了低声的嘲笑,
于是奥朗则布笑着说:
　　"我许你永驻阿遮勒堡。"

1900 年 10 月

更多的给予

帕坦①的士兵们绑来了
　一群被俘的锡克——
舒里特干基的地面早已
　变成了血的颜色。
那瓦布②说："喂,特鲁辛格,
　我要赦免你。"
特鲁辛格回答说："为什么
　你特别轻视我?"
那瓦布说："你是大英雄,
　我不愿对你无礼,
割下你的发辫③走吧,
　我只有这一点要求。"
特鲁辛格说："你的慈悲
　我永远不会忘记;
你要的太少,我将多给——
　发辫再加上我的头。"

1900 年 10 月

---

① 帕坦:居住在阿富汗和巴基斯坦西北边省及旁遮普一带的少数民族,信仰伊斯兰教。
② 那瓦布:伊斯兰教徒统治印度时期的藩王。
③ 锡克教徒终身不剃发须,要求他割下发辫即是要他背叛自己的宗教。

王 的 审 判

——拉其斯坦

　　　　婆罗门说,"我的妻子
　　　　　　在屋子里,
　　　　半夜贼人进去
　　　　　　要行无礼。
　　　　我捉住了他,现在告诉我
　　　　　　给贼人什么惩罚?"
　　　　"死!"
　　　　　　罗陀罗奥王只说了一个字。

　　　　飞奔着前来的使者说:
　　　　　　"贼人,就是太子;
　　　　婆罗门在夜里捉住了他,
　　　　　　今天早晨把他杀死。
　　　　我捕获了那人,
　　　　　　给婆罗门什么惩罚?"
　　　　"放了他!"
　　　　　　罗陀罗奥王只说了一句话。

　　　　　　　　　　　　1900 年 10 月

戈宾德·辛格*

"朋友,你们全都回去,
　　现在还不到时候。"
天将破晓,耶摩那河边,
丘岭迤逦,幽深的森林里,
锡克的宗师戈宾德吩咐着
　　他的几个门徒。

走吧,拉姆达斯,走吧,莱哈里,
　　萨胡,你也回去。
不要引诱我,呵,不要召唤我
　　跳进那战斗的大海,
且让我留在这里
　　远离人生的舞台
我久已背过脸去,堵上耳朵,
　　躲藏在森林里。
远方,无边的人海
咆哮着掀起哀号的巨浪。
在这里,我只是独自沉入
　　自己秘密的事业里。

---

* 戈宾德·辛格:锡克教第十世祖师,也是最后的一位祖师。他曾将锡克编成军队组织,创立了锡克王国,终生和统治印度的伊斯兰教徒作顽强斗争,抵抗着他们的侵略。这首诗描写他在一次与伊斯兰教徒战争失败之后,躲在森林里等待时机,准备东山再起时的心情。

从那喧嚣的人境里
　　似乎人类的灵魂向我召唤。
死寂的暗夜里,我从梦中惊起,
大声呼喊着:"我来了,我就来!"
我渴望着把自己——身、心、灵魂投入
　　那伟大的人群的洪流里。

看见你们,我的灵魂激荡,
　　我的心疯狂地驰骋。
我的血液燃烧着
千百火焰蛇一般地舞动,
像在嘲笑我似的,我的宝剑
　　也在剑鞘里锵锵作声。

那该是多么欢乐——离开这森林
　　手执着胜利的号角,
冲入密集的人群,
去推翻暴君,重整江山,
去把侵略者的胸膛
用利剑刺穿。

那野马样不可知的命运
　　我曾把它制服。
亲自套上缰绳,
鞭策它越过一切障碍,
不辞一切艰难困苦
　　奔上自己的道路。

谁敢阻住我的去路?有的躲开,
　　有的滚倒在尘埃,

企图抵抗的化为齑粉,
后面留下的是我的脚印。
在摧毁一切的烈火浓烟里
  青天的大眼也充满惊惧。

我曾千百次跳过死亡的深渊,
  登上人生的海岸。
那时天际有不眨眼的星辰
在暗夜里指示着方向,
人群的洪流回旋激荡着
  在两岸怒吼呼啸。
管它什么昏黑的静夜,
  或是炎热的白昼;
管它什么天空里四面
笼罩着乌云,雷声隐隐;
管它什么狂飙飓风
  无情地压向头顶。

"来啊,来啊,"我向大家呼唤,
  大家飞奔着聚集在我面前。
他们打开房门,
他们抛弃家园,
把欢乐、幸福、爱情的羁绊
  毫不顾惜地扯断。

像五河的水
  汇集在海洋里——
听了我的召唤,谁肯裹足不前?
信徒们的心和我打成一片,
  旁遮普到处掀起了

"万岁,万岁"胜利的呼唤。

"你要到哪里去?懦夫!"我的声音
　传送到深山、密林、隐秘的角落。
清晨里听见了召唤——来啊,来啊!
工作的人抛掉了工作。
深夜里听见了召唤——来啊,你们来啊!
　人们连睡眠都忘却。

我走在前面,人们从四方拥来,
　阻塞了道路,挤满了渡口。
忘记了种姓和门第的不同,
轻易地献出自己的生命,
尊贵的、卑贱的、婆罗门和锡克
　团结成一个。

算了吧,朋友,不要再做这样的梦吧!
　现在还不到那个时候。
现在我仍须独自消磨这漫长的黑夜,
我仍须不眠地数着一分一秒的时间,
我仍须不转瞬地凝望着东方的天际
　等待着晓日初升的黎明出现。

如今我只是在幻想的世界里驰骋,
　大森林是我的都城。
如今只是静静地思索,
只是一无所事地暗自修炼,
白天夜晚,只是呆坐着
　倾听自己内心的语言。

于是,我独自退居在耶摩那河边
一片崎岖难行的丛山里。
旁遮普高原将我哺育到壮年,
我的歌声混入耶摩那河水的飞溅。
为未来的事业培养能力,
　　我在暗中艰苦锻炼。

就这样度过了漫长的十二年,
　　还有多少时日要等待迁延?
我从周围不朽的生命里
一点一滴地吸取着养料,
几时我才能说
　　够了,我已经功果圆满?

几时我才能真正宣布——
　　是时候了!
起来,朋友们,追随我——
你们的师傅召唤你们全体,
起来,朋友们! 从我的生命里
　　你们将获得新的生命力。

再没有恐惧,再没有怀疑,
　　再没有踌躇动摇、重重顾虑。
我已经找到出路,获得真理。
摔开了整个世界,屹然独立,
在我的面前没有生,没有死,
　　没有,没有,什么都没有。

我的心,仿佛听见了
　　来自天上的声音——

"在自我光照中站起来吧。
看哪,从那遥远的地方
被你吸引在身旁的
 何止千百人?

"听,那波涛的汹涌声——
 心的洪流在奔驰。
坚定地站起来吧!你要
警觉地守望着如一座灯塔,
在这夜里,你如果沉睡,
 他们就会各自回家。"

你们看,遥远的天边
 张起了漆黑的夜幕,
飓风带着死亡已经到来,
我在心房里点起了明灯,
在飓风里它不会熄灭,
 它将永远给大家照亮前程。

走吧,萨胡,走吧,拉姆达斯,
 回去吧,我劝你们回家乡。
在你们全部回去的时候,
来,欢呼一声"古鲁万岁!"
高举起双臂,欢呼"万岁,万岁,
 万岁,阿拉克·尼朗姜!"

1886 年 5 月

最后的一课

有一天,锡克教的宗师戈宾德独自
在旷野里回忆着自己一生的经历;
那曾为自己的青春写下了一幅金光
灿烂的图画的壮志雄心如今在哪里?
那神前的誓师,那坚定不移的志愿
的确也曾使婆罗多的统一一度实现,
但是,祖国啊,它现在风雨飘摇,
软弱无力,它任人宰割,破碎支离。
这是谁的错?生命竟是白白虚掷了么?
极端的困惑,疲倦的身体,痛苦的心,
戈宾德在沉思里消磨着朦胧的黄昏。
这时候,来了一个帕坦人,对他说:
"我要回乡去,把你欠我的马钱还我。"
戈宾德说:"锡克琪,我向你敬礼,
钱等明天再还你,今天你先回去。"
帕坦怒吼着说:"钱,今天一定要还!"
一边说着一边用力拉住了他的手——
污蔑他是强盗、骗子,要把他拉走。
戈宾德听了,闪电一般拔出了利剑,
一转眼的工夫割下了帕坦人的头——
淋淋的鲜血在地面上横流。看见
自己所做的一切,古鲁摇摇头说:
"看来我的生命已近完结。这一柄
不斩无辜的宝剑竟违背了我的本心

轻率地让无罪的人徒然流了血。
自信已从我这只手臂上永远消失，
这罪恶，这羞耻，我发誓要洗去，
从今天起，这是我最后的一件事。"

帕坦人有个儿子，尚在幼年。
戈宾德把他找来，带在身边，
日日夜夜抚育他，如同自己的
儿子时时不离眼前。亲自教他
背诵经典，演习兵法和斗剑。
这年老的英雄，锡克的古鲁琪，
像孩子一样还在清晨和黄昏里
陪伴着帕坦的儿子一同游戏。
信徒们看到这一切，走来对他说：
"师傅啊，这是干什么？我们害怕。
对于一只虎犊这样珍爱，莫非
想使它的天性更改？一旦他长大，
它的爪牙也会长出来，小心啊，
敬爱的师傅，人会被利爪伤害。"
戈宾德笑着说："正是希望如此！
一只虎犊如果不让它变成猛虎，
那我又何必为他多费心思？"

孩子在戈宾德手中渐渐长大。
孩子像影子似的跟随着他，
孩子像亲生子似的孝敬他。
戈宾德爱他如同自己的生命，
戈宾德爱他如同自己的右手。
戈宾德的儿子全都在战场上
牺牲了，如今，帕坦的儿子

填塞了垂老的古鲁心中的空虚。
正像古老榕树身上的腐洞里
被风从外面吹进一粒种子，
不知不觉地发芽生枝，慢慢地
绿叶青葱压盖了衰老的树枝。

有一天，孩子跪在古鲁脚前说：
"蒙您亲自教导，我已学得武艺，
如果师傅允许，凭我这超人膂力
已经有资格参加国王的军旅。"
戈宾德手抚着他的脊背——
"你还缺最后的一课没有学习。"
第二天，向晚时分，古鲁戈宾德
独自走出房门，叫来孩子对
他说："带着你的武器同我来！"

两人沉默着慢慢地向河岸边
树林中走去。裸露着石子的
河滩上，有雨季山洪划破
血红色沙土蜿蜒流过的痕迹。
到处是一行行高大的娑罗树，
树根下密集着丛生的灌木。
及膝的河水，水晶一般清澈。
渡过河，古鲁作了一个眼色——
孩子站住了。火红的晚霞像
蝙蝠的薄翅似的拖着长长的
影子，在静穆的天空中向西方
缓缓飞去。戈宾德向孩子说：
"马穆德，来这里，掘开这块地。"
孩子挖开沙土，露出一块青石，

上面染有殷红的血渍。古鲁说：
"石上的红印,是你生父的血痕。
我没有还他的债,也不容他还手,
就在这里,我割下了他的头。
今天到了时候,喂,帕坦!
如果你是你父亲的好儿子,
拔出剑来——杀掉害死你父亲的
仇人,用他的热血来祭奠那
饥渴的亡魂。"如同猛虎似的
一声吼叫,两眼通红的帕坦
跳起来扑在戈宾德的身上——
古鲁只呆立着如同木偶一样。
帕坦扔掉武器,在他脚边跪下：
"师傅啊！请不要和魔鬼开这样
可怕的玩笑吧！父亲的流血,
在道义上我应该把它忘记；
在悠长的岁月里,我认您是
父亲、师傅、朋友三位一体。
让这种深厚的感情展开在
我心中,压下那仇恨的念头吧！
师傅,我向您致敬。"说完这话,
帕坦飞快地跑出树林,没有
回头望一眼,没有停一下脚步。
戈宾德的眼睛里滚下了泪珠。

帕坦自从那天由森林中归来,
总是远远地把戈宾德躲开。
清晨,寂静的卧室里他不再
前来唤醒师傅；夜晚他不再
手持武器守卫在师傅的房门外；

他不再一个人陪着师傅到对岸
去打猎;没有人在旁边的时候,
就是师傅叫他,他也不肯前来。
有那么一天,戈宾德和帕坦
下棋消遣,谁也不曾注意天色
已晚——屡次的失败已经激怒了
帕坦。黄昏了;黑夜已来临,
弟子们回家去了——渐渐夜深。
一心一意地低着头,帕坦在
思索着下一步棋应该怎样走;
这时候,戈宾德突然用棋子
狠狠打中了帕坦的头,狂笑着
大声说:"和有杀父之仇的人
一同下棋,像这样的胆怯鬼,
他还想得到胜利?"立刻帕坦从
腰间拔出了匕首,闪电一般地
把它刺进师傅戈宾德的胸口。
戈宾德微笑着说:"日子这样久,
你似乎才知道对于不义的人
怎样去报仇。最后的一课我
已经教给你,孩子,我很满足,
让我来给你最后一次的祝福。"

1900 年 10 月

仿造的布迪堡

——拉其斯坦

"不再喝水,不再进食!"
　奇多尔①王发誓——
"只要布迪堡还在地面上
　存在一日。"
大臣们说:"国王陛下,
这是什么样的誓愿啊!
那人力办不到的,如何
　使它成为事实?"
奇多尔王说:"不成功,
　我便殉誓。"

布迪堡距离奇多尔有
　五十里的路程,
那里的哈拉族人全都是
　杰出的英雄。
那是哈姆王的采邑,在那里
没有人知道什么叫做恐惧。
布迪堡的英名,奇多尔王的
　誓言便是证明。

---

① 奇多尔:八世纪时拉其普他拿的小国梅瓦尔的都城(在今拉其斯坦乌戴普尔土王领地境内)。自1568年被莫卧儿王朝阿克巴大帝攻陷后,四百年来,那里的土著民族恪遵祖先的誓言,在没把异族统治者赶出以前,决不再进奇多尔城砦。1956年4月由尼赫鲁总理带队把他们领进了奇多尔,因为印度已经获得独立。

布迪堡距奇多尔只有
　　五十里的路程。

大臣们悄悄设计——
　　"今夜通宵不寐,
用泥土仿照布迪堡
　　修座假的堡垒,
国王将亲自前来使它
在地面上变做泥沙一堆,
不然,只为一句大话
　　他的生命会销毁。"
于是在奇多尔的中心
　　建起了仿造的堡垒。

贡波曾是奇多尔王的仆人,
　　哈拉族的好汉,
正射鹿归来,肩头上
　　背着坚弓和利箭。
他听到消息说:"你是谁!
要把仿造的布迪堡摧毁,
想叫哈拉族在拉其普他拿
　　再不能出头露脸?
我要保卫仿造的布迪堡,
　　哈拉族的好汉!"

奇多尔王前来捣毁
　　仿造的堡垒,
"走开!"——贡波唤着,
　　声如沉雷。
"想拿布迪堡之名作耍?

我不容许对它污辱、践踏，
组成堡垒的那些泥沙，
　　一粒也不许销毁。"
"走开！"——贡波喊着，
　　声如沉雷。

双手弯弓，一膝在
　　地面跪倒，
一个贡波独自保卫着
　　仿造的布迪堡。
奇多尔王带来的士兵
高举着宝刀向他围剿，
贡波的头转眼间滚落在
　　土堡门外的一角。
他的鲜血光荣地染红了
　　仿造的布迪堡。

1900 年 10 月

洒 红 节*

——拉其斯坦

普那戈国王的皇后从凯杜那地方
　　送给帕坦的凯萨尔·卡一封书信:
"你以为用战争可以获取友谊?
春天就会从眼前姗姗归去,
来吧,将军,带着你帕坦的队伍
　　和我们拉其普特的女人欢度迎春。"
战败之后失却了许多城镇,
　　从凯杜那地方皇后送去了书信。

凯萨尔·卡心中狂喜,
　　笑眯眯捻着唇上的髭须。
眼皮染上了黑色的黛墨,
头巾选中了绛红的颜色,
手里的手帕香气扑鼻,
　　千百遍在嘴巴上擦来擦去。
皇后要和帕坦人洒红游戏,
　　凯萨尔·卡笑嘻嘻捻着髭须。

素馨花丛里吹来了
　　三月里沉醉的轻风。

---

* 洒红节:迎春节。在印度是一个狂欢的节日,在那一天,可以不分种姓、男女,大家互相洒红粉、泼红水,表示友好亲热。

芒果林吐出没药似的芳香；
不听话的蜜蜂自作主张，
随心所欲地嗡嗡歌唱着
　　在芒果林中四处回旋飞动。
凯杜那城里今天来到了
　　一队队过洒红节的帕坦士兵。

凯杜那城国王的花园中
　　闪耀着落日血红的颜色。
帕坦的士兵来到御苑里
乐队的短笛正吹着黄昏曲。
来了一百个皇后的宫女，
　　要陪帕坦人欢度洒红节。
那时候正是日落时分，
　　太阳喷出愤怒的血红颜色。

长裙拖到脚面，
　　春风里飘荡着披肩。
左手托着盛红粉的金盘，
喷红的唧筒悬挂在腰间；
右手挽着装满玫瑰水的铜罐，
　　一队队的宫女来到花园，
一步步飘曳着长裙，
　　春风里荡漾着披肩。

狡猾的微笑闪烁在眼角里，
　　凯萨尔·卡向女人敬礼——
"身经百战，我幸能生还，
今天，怕要魂销魄散。"
突然响起了一阵狂笑，

笑倒了皇后的一百个宫女。
歪戴着红色的头巾
　　　凯萨尔笑嘻嘻向女人敬礼。

如今开始洒红游戏，
　　　红粉飘扬，染红了黄昏的天际。
素馨花涂上了新的颜色，
树根下洒满了红色的水迹，
鸟儿忘记了啼叫，惊呆在
　　　拉其普特女人的狂笑里。
啊，是何处飘来的红雾
　　　染红了黄昏的天际？
为什么我不目迷心醉啊——
　　　暗自思量着凯萨尔·卡。
胸膛为什么不是丰满突起？
女人脚镯上的金铃为什么
响得那样嘈杂不合韵律，
　　　手镯的丁当也欠文雅？
唉！为什么不目迷心醉啊——
　　　暗自思量着凯萨尔·卡。

帕坦人心想：拉其普特的女人
　　　身上找不出一点柔媚风情。
一双手臂不像莲藕，
声音羞哑了天上的霹雳，
那是些僵硬横斜的
　　　沙漠中无花的枯藤。
帕坦人心想：这些女人的心中
　　　找不出一点柔媚风情。

"伊曼"曲调里
　　笛声急促又庄严。
胸前垂着珍珠的项链,
赤金的宽手镯戴在手腕,
接过宫女递来的盛红粉的铜盘——
　　皇后降临了御花园。
这时候,"伊曼"曲调里
　　笛声急促又庄严。

凯萨尔·卡说:"伫望着你的
　　来临,几乎盼瞎了双眼。"
皇后说:"我们也有同感。"
一百个宫女不禁大笑——
突然帕坦将军的额头上
　　飞来了皇后手中的铜盘。
鲜血四射如喷泉
　　帕坦将军真的瞎了双眼。

像晴天一声霹雳
　　敲起了咚咚的战鼓。
星空里升起了抖战的月亮,
飘忽来去着冷森森的剑光,
唢呐在园门里
　　雄赳赳地吹个不住。
御园里一棵棵的树根下
　　响起了咚咚战鼓。

脱下了长裙,
　　风吹去了披肩。
是谁念了一声咒语,

脱下了女人的彩衣，
像花丛里蹿出了一百条毒蛇
一百个英雄立刻包围了帕坦。
脱下了长裙，
　　梦一般的风吹去了披肩。

帕坦从那条路上来了，
　　他们再不能从那条路上生还。
春夜里沉醉了的
　　杜鹃不停地啼唤，
凯萨尔·卡的洒红节
　　结束在凯杜那的御花园。
帕坦从那条路上来了，
　　他们再不能从那条路上生还。

1900 年 9 月

婚 礼
——拉其斯坦

静夜里响起了
　一阵阵喜庆的法螺。
新郎新娘如图画一般地
衣襟相结羞涩地站在礼堂里。
女人们撩起面幕的一角
在窗外偷偷地窥探着,
雨季的夜里雷声隐隐——
　雷声里吹起了结婚的法螺。

凉爽的东南风不再吹拂,
　沉沉的天空里乌云密布。
礼堂里灯烛辉煌,
珍珠项链闪闪发光。
是谁突然冲进礼堂里?
　大门外还敲起咚咚的战鼓。
人们全都吃惊地站起
　走拢来围绕着新郎新妇。

向戴着花冠的麦特里王子
　说话的是马鲁瓦的使者——
拉姆辛格陛下上了战场,
亲自和异族的敌人打仗。
他号召你们前去参战,

动身吧！勇敢的拉其普特。
"万岁！拉姆辛格万岁——"
　　　高呼着马鲁瓦的使者。

"万岁！拉姆辛格万岁！"
　　　麦特里的王子高呼着响应。
新娘的心被吓得粉碎，
两只大眼里闪烁着泪水，
　　"万岁！拉姆辛格万岁！"
　　　伴郎们高呼着，异口同声。
拉姆辛格的使者大声说——
"麦特里王子，时间不容你再事久停。"

为什么还空吹着口哨①，
　　　为什么还空响着法螺？
解开了结成同心的衣襟，
新郎凝望着新娘的脸儿说：
"亲爱的，是那死亡的邀请
破坏了我们欢乐的结合。"
如今徒然空吹着口哨，
　　　如今徒然空响着法螺。

穿着礼服，戴着花冠，
　　　王子骑马飞奔而去了。
满脸含愁，头温柔地低着，
新娘转回自己的闺阁。
灯火慢慢熄灭，

---

① 口哨：在结婚、男婴降生或举行其他喜庆大典时，印度妇女们（男人不可以）口中发出"啊—噜噜噜"的尖音以示庆祝。

宫廷的礼堂变成漆黑了。
头戴花冠，颈悬花环，
　　王子骑马飞奔而去了。

妈妈哭着说——"把结婚的礼服
　　脱下吧！唉，你苦命的！"
女儿安静地对妈妈说：
"别哭吧，妈妈，我求你，
让我穿着结婚的礼服，
　　我要为他到麦特里堡去。"
妈妈听了手捶着额头
　　哭着说："唉！你不幸的。"
皇家的司祝给她祝福，
　　在她头上洒着吉祥草和米谷。
新娘坐上华丽的彩轿，
女人们吹起吉庆的口哨。
彩衣鲜明的男女仆妇，
一队队走来陪伴她上路。
妈妈走来和她亲吻，
　　父亲抚着她的头给她祝福。

深夜里，火炬烛照天际，
　　是谁来到了麦特里的城门里？
有人在喊："喂，停下轿子，
禁止奏乐，别再吹笛——
麦特里的居民正一同准备
　　为麦特里王子举行火葬礼。
麦特里王子今天牺牲在战场上，
　　在这不幸的时候是谁来到麦特里？"

"喂,吹起笛来,奏起喜乐!"
　　新娘在花轿里吩咐说。
如今这神圣的一刻再不容失去,
衣襟上的同心结再不会松弛,
在火葬场熊熊的火光里
　　要念诵婚礼中最后的曼荼罗①。
"喂!吹起笛子,奏起乐来!"
　　新娘在花轿里吩咐说。

戴着珍珠项链,穿着新郎礼服,
　　麦特里王子躺在火葬场里。
轿子里走出了王子的发妻,
衣襟和他的血衣紧紧结起。
新娘坐在王子的头前,
　　新郎的头抱在她的怀里。
深夜里,穿着血衣,
麦特里王子躺在火葬场里。

响起了一阵阵尖声的口哨,
　　女人们一队队地走来了。
"善品行"——赞美着皇家司祝婆罗门,
颂赞师说——"噢!你征服死亡的女人。"
新娘盘膝端坐在焚尸的柴堆上——
　　风吹着熊熊的葬火在燃烧。
火葬场上一片胜利的欢呼,
　　女人们吹起结婚的口哨。

1900 年 10 月

---

① 曼荼罗:经咒。

审 判 官

拉胡那特·拉奥
　　马拉塔皇家的英雄。
他登上王位在普那城宣布:
"我要减轻人间苦难的担负,
我要把麦索尔王海德拉里征服。
　　不许他再逞威风。"

转眼之间集结了
　　八万雄兵。
四面八方,川流不息地
从马拉塔所有的崇山里
英雄们如雨季的山洪
　　汇集在普那城。

胜利的旗帜在天空飘荡,
　　千百个法螺呜呜齐响。
女人们吹起尖声的口哨,
普那城在光荣里颤栗,
毁灭的战鼓惊心动魄地
　　敲打着响震四方。

朝阳躲进旌旗森森的树林,
　　马蹄扬起滚滚的尘沙。
震聋了天空的胜利的欢呼里

拉胡那特骑上了血色的战马。
突然,像谁念了一声咒语,
　　军乐停止了前进的喇叭。

是在谁的脚前,国王
　　显得如此谦恭?
是在谁的指挥下,
宫门外刹那间停止了
兴高采烈奔赴战场的
　　八万士兵?

婆罗门拉姆·沙斯特里
　　严正的最高审判官。
他高举着两只手臂,
大声说:"拉胡那特·拉奥,
离开城市去到哪里,
　　在没有受到惩罚以前?"
静止了军乐,
　　静止了胜利的欢呼。
拉胡那特说:"为什么
在今天偏偏阻挡我的去路?
我正为丰盛阎摩的筵席
　　去歼灭那批伊斯兰教徒。"

拉姆·沙斯特里说:
　　"你谋杀了嫡亲的侄男!
在没有受到审判之前,
这期间你没有自由。
按照法律的规定
　　你应被严加看管。"

拉胡那特·拉奥
　脸上含笑，心中生气。
"国王的行动谁能够约束？
刀光剑影下我自由来去，
今天，不是来在路中心
　听人讲解什么法律。"

沙斯特里说："拉胡那特，
　走吧，尽管去打仗。
我也立刻辞职，
转回自己的村庄，
再也不容许自己坐在
　这视法律如儿戏的法庭上。"

吹着法螺，敲着战鼓，
　开拔了出征的队伍。
舍弃了高贵的职位，
扔掉了所有的财富，
清贫的婆罗门回到了
　乡村里的茅屋。

　　　　　　　　　　1900 年 10 月

践　誓

"喂,马拉塔的强盗来了,
　　大家准备好武器!"
阿吉密堡砦里高呼着
　　将军杜姆拉吉。
正午时分,家家户户
　　正烧着粗面饼,
人声沸腾,碉楼上传出
　　咚咚的战鼓声。
登上城头,望见南方
　　遥远的天边,
马拉塔骑兵的铁蹄下
　　扬起一片尘烟。
"这批马拉塔的蝗虫今天
　　扑在我们的剑火里,
消灭他们不容一个飞去。"
　　怒吼着杜姆拉吉。

从马鲁瓦来的使者说——
　　"何劳准备迎敌?
这是国王的命令,看吧,
　　将军杜姆拉吉!
信德①来了,和他们同来的

---

① 信德:居住在信德省(现属巴基斯坦)的一种民族。

还有法国的将领。
　　恭敬地把堡垒交给他们，
　　　你只有服从命令。
　　幸运之神如今已背弃了
　　　国王维加耶辛哈；
　　阿吉密堡用不着血战挣扎
　　　奉送给马拉塔吧！"
　　"君王的命令，英雄的天职，
　　　到底何所适从呢？"
　　长叹了一口气，痛苦地
　　　低语着杜姆拉吉。

　　马鲁瓦的来使宣布旨谕——
　　　"全体放下武器。"
　　如石像一般呆立着的是
　　　将军杜姆拉吉。
　　天色渐晚，牛羊踯躅在
　　　暮霭升起的田间，
　　树阴下牧童的笛声
　　　悠扬而婉转。
　　"当阿吉密堡交在我手时
　　　曾在心中发誓，
　　国王的堡垒此生决不丢失
　　　在敌人手中，
　　今天莫非在国王的命令里
　　　竟要把誓言背弃？"
　　想来想去，拿不定主意，
　　　长叹着杜姆拉吉。

　　拉其普特的军队羞愤地

放下了武器,
碉堡门前默默地呆立着
　　将军杜姆拉吉。
赭衣的黄昏悄悄降临在
　　西方的田野间,
马鲁瓦的队伍扬起灰尘
　　停在堡砦门前。
"躺在门前地上是什么人?
　　起来,打开大门!"
没有回音——无生命的躯壳
　　再不会回答询问。
君王的命令,英雄的天职
　　如今再不使他忧虑——
阿吉密堡砦的大门外
　　长眠了杜姆拉吉。

1900 年 10 月

石　真　译

吉檀迦利

(1912)

译者前记

这本《吉檀迦利》是印度大诗人泰戈尔的诗集。"吉檀迦利"就是印度语"献诗"的意思。

泰戈尔(1861—1941)是印度人民最崇拜最热爱的诗人。他参加领导了印度的文艺复兴运动,他排除了他周围的纷乱窒塞的,多少含有殖民地奴化的,从英国传来的西方文化,而深入研究印度自己的悠久优秀的文化。他进到乡村,从农夫,村妇,瓦匠,石工那里,听取神话,歌谣和民间故事,然后用孟加拉文字写出最素朴最美丽的散文和诗歌。

这本献诗集里的一百零三首诗,是他在五十岁那年(1911)从他的三本诗集——《奈维德雅》(奉献)、《克雅》(渡河)和《吉檀迦利》(献诗)——里面,以及从一九○八年起散见于印度各报章杂志上的诗歌,自己选译成英文的。

从这一百零三首诗中,我们可以深深地体会到这位伟大的印度诗人是怎样地热爱自己的有着悠久优秀文化的国家,热爱这国家里爱和平爱民主的劳动人民,热爱这国家的雄伟美丽的山川。从这些首诗的字里行间,我们看见了提灯顶罐,巾帔飘扬的印度妇女;田间路上流汗辛苦的印度工人和农民;园中渡口弹琴吹笛的印度音乐家;海边岸上和波涛一同跳跃喧笑的印度孩子,以及热带地方的郁雷急雨,丛树繁花……我们似乎听得到那繁密的雨点,闻得到那浓郁的花香。

在我到过印度之后,我更深深地觉得泰戈尔是属于印度人民的,印度人民的生活是他创作的源泉。他如鱼得水地生活在热爱韵律和诗歌的人民中间,他用人民自己生动素朴的语言,精炼成最清新最流利的诗歌,来唱出印度广大人民的悲哀与快乐,失意与希望,怀疑与信仰。因此他的诗在印度是"家弦户诵",他永远生活在广大人民的心中。

这本诗集,是从英文的译本转译的,既不能摹拟出孟加拉原文的富有音乐性的,有韵律的民歌形式,也没有能够传达出英译文的热烈美妙的诗情,在此我要感谢在百忙中替我根据孟加拉文原作校阅的石素真女士,没有她,我是没有胆量来翻译的。

谢冰心
一九五五年三月十三日

1

你已经使我永生,这样做是你的欢乐。这脆薄的杯儿,你不断地把它倒空,又不断地以新生命来充满。

这小小的苇笛,你携带着它逾山越谷,从笛管里吹出永新的音乐。

在你双手的不朽的按抚下,我的小小的心,消融在无边快乐之中,发出不可言说的词调。

你的无穷的赐予只倾入我小小的手里。时代过去了,你还在倾注,而我的手里还有余量待充满。

2

当你命令我歌唱的时候,我的心似乎要因着骄傲而炸裂;我仰望着你的脸,眼泪涌上我的眶里。

我生命中一切的凝涩与矛盾融化成一片甜柔的谐音——我的赞颂像一只欢乐的鸟,振翼飞越海洋。

我知道你欢喜我的歌唱。我知道只因为我是个歌者,才能走到你的面前。

我用我的歌曲的远伸的翅梢,触到了你的双脚,那是我从来不敢想望触到的。

在歌唱中陶醉,我忘了自己,你本是我的主人,我却称你为朋友。

3

我不知道你怎样地唱,我的主人!我总在惊奇地静听。

你的音乐的光辉照亮了世界。你的音乐的气息透彻诸天。你的音乐的圣泉冲过一切阻挡的岩石,向前奔涌。

我的心渴望和你合唱,而挣扎不出一点声音。我想说话,但是言语不成歌曲,我叫不出来。呵,你使我的心变成了你的音乐的漫天大网中的俘虏,我的主人!

4

我生命的生命,我要保持我的躯体永远纯洁,因为我知道你的生命的摩抚,接触着我的四肢。

我要永远从我的思想中屏除虚伪,因为我知道你就是那在我心中燃起理智之火的真理。

我要从我心中驱走一切的丑恶,使我的爱开花,因为我知道你在我的心宫深处安设了坐位。

我要努力在我的行为上表现你,因为我知道是你的威力,给我力量来行动。

5

请容我懈怠一会儿,来坐在你的身旁。我手边的工作等一下子再去完成。

不在你的面前,我的心就不知道什么是安逸和休息,我的工作变成了无边的劳役海中的无尽的劳役。

今天,炎暑来到我的窗前,轻嘘微语;群蜂在花树的宫廷中尽情弹唱。

这正是应该静坐的时光,和你相对,在这静寂和无边的闲暇里唱出生命的献歌。

6

摘下这朵花来,拿了去吧,不要迟延!我怕它会萎谢了,掉在尘土里。

它也许配不上你的花冠,但请你采折它,以你手采折的痛苦来给它光宠。我怕在我警觉之先,日光已逝,供献的时间过了。

虽然它颜色不深,香气很淡,请仍用这花来礼拜,趁着还有时间,就采折罢。

7

我的歌曲把她的妆饰卸掉。她没有了衣饰的骄奢。妆饰会成为我们合一之玷;它们会横阻在我们之间,它们丁当的声音会掩没了你的细语。

我的诗人的虚荣心,在你的容光中羞死。呵,诗圣,我已经拜倒在你的脚前。只让我的生命简单正直像一支苇笛,让你来吹出音乐。

8

那穿起王子的衣袍和挂起珠宝项链的孩子,在游戏中他失去了一切的快乐;他的衣服绊着他的步履。

为怕衣饰的破裂和污损,他不敢走进世界,甚至于不敢挪动。

母亲,这是毫无好处的,如你的华美的约束,使人和大地健康的尘土隔断,把人进入日常生活的盛大集会的权利剥夺去了。

9

呵,傻子,想把自己背在肩上!呵,乞人,来到你自己门口求乞!

把你的负担卸在那双能担当一切的手中罢,永远不要惋惜地回顾。

你的欲望的气息,会立刻把它接触到的灯火吹灭。它是不圣洁的——不要从它不洁的手中接受礼物。只领受神圣的爱所付予的东西。

10

　　这是你的脚凳,你在最贫最贱最失所的人群中歇足。

　　我想向你鞠躬,我的敬礼不能达到你歇足地方的深处——那最贫最贱最失所的人群中。

　　你穿着破敝的衣服,在最贫最贱最失所的人群中行走,骄傲永远不能走近这个地方。

　　你和那最没有朋友的最贫最贱最失所的人们做伴,我的心永远找不到那个地方。

11

　　把礼赞和数珠撇在一边罢！你在门窗紧闭幽暗孤寂的殿角里,向谁礼拜呢？睁开眼你看,上帝不在你的面前！

　　他是在锄着枯地的农夫那里,在敲石的造路工人那里。太阳下,阴雨里,他和他们同在,衣袍上蒙着尘土。脱掉你的圣袍,甚至像他一样的下到泥土里去罢！

　　超脱吗？从哪里找超脱呢？我们的主已经高高兴兴地把创造的锁链戴起;他和我们大家永远联系在一起。

　　从静坐里走出来罢,丢开供养的香花！你的衣服污损了又何妨呢？去迎接他,在劳动里,流汗里,和他站在一起罢。

12

　　我旅行的时间很长,旅途也是很长的。

　　天刚破晓,我就驱车起行,穿遍广漠的世界,在许多星球之上,留下辙痕。

　　离你最近的地方,路途最远,最简单的音调,需要最艰苦的练习。

　　旅客要在每一个生人门口敲叩,才能敲到自己的家门,人要在外面到处漂流,最后才能走到最深的内殿。

我的眼睛向空阔处四望,最后才合上眼说:"你原来在这里!"

这句问话和呼唤"呵,在哪儿呢?"融化在千股的泪泉里,和你保证的回答"我在这里!"的洪流,一同泛滥了全世界。

13

我要唱的歌,直到今天还没有唱出。

每天我总在乐器上调理弦索。

时间还没有到来,歌词也未曾填好;只有愿望的痛苦在我心中。

花蕊还未开放;只有风从旁叹息走过。

我没有看见过他的脸,也没有听见过他的声音;我只听见他轻蹑的足音,从我房前路上走过。

悠长的一天消磨在为他在地上铺设坐位;但是灯火还未点上,我不能请他进来。

我生活在和他相会的希望中,但这相会的日子还没有来到。

14

我的欲望很多,我的哭泣也很可怜,但你永远用坚决的拒绝来拯救我;这刚强的慈悲已经紧密地交织在我的生命里。

你使我一天一天地更配领受你自动的简单伟大的赐予——这天空和光明,这躯体和生命与心灵——把我从极欲的危险中拯救了出来。

有时候我懈怠地捱延,有时候我急忙警觉寻找我的路向;但是你却忍心地躲藏起来。

你不断地拒绝我,从软弱动摇的欲望的危险中拯救了我,使我一天一天地更配得你完全的接纳。

15

　　我来为你唱歌。在你的厅堂中,我坐在屋角。
　　在你的世界中我无事可做;我无用的生命只能放出无目的的歌声。
　　在你黑暗的殿中,夜半敲起默祷的钟声的时候,命令我罢,我的主人,来站在你面前歌唱。
　　当金琴在晨光中调好的时候,宠赐我罢,命令我来到你的面前。

16

　　我接到这世界节日的请柬,我的生命受了祝福。我的眼睛看见了美丽的景象,我的耳朵也听见了醉人的音乐。
　　在这宴会中,我的任务是奏乐,我也尽力演奏了。
　　现在,我问,那时间终于来到了吗,我可以进去瞻仰你的容颜,并献上我静默的敬礼吗?

17

　　我只在等候着爱,要最终把我交在他手里。这是我迟误的原因,我对这延误负疚。
　　他们要用法律和规章,来紧紧地约束我;但是我总是躲着他们,因为我只等候着爱,要最终把我交在他手里。
　　人们责备我,说我不理会人;我也知道他们的责备是有道理的。
　　市集已过,忙人的工作都已完毕。叫我不应的人都已含怒回去。我只等候着爱,要最终把我交在他手里。

18

　　云霾堆积,黑暗渐深。呵,爱,你为什么让我独在门外等候?

在中午工作最忙的时候,我和大家在一起,但在这黑暗寂寞的日子,我只企望着你。

若是你不容我见面,若是你完全把我抛弃,我真不知将如何度过这悠长的雨天。

我不住地凝望遥远的阴空,我的心和不宁的风一同彷徨悲叹。

19

若是你不说话,我就含忍着,以你的沉默来填满我的心。我要沉静地等候,像黑夜在星光中无眠,忍耐地低首。

清晨一定会来,黑暗也要消隐,你的声音将划破天空从金泉中下注。

那时你的话语,要在我的每一鸟巢中生翼发声,你的音乐,要在我林丛繁花中盛开怒放。

20

莲花开放的那天,唉,我不自觉地在心魂飘荡。我的花篮空着,花儿我也没有去理睬。

不时地有一段忧愁来袭击我,我从梦中惊起,觉得南风里有一阵奇香的芳踪。

这迷茫的温馨,使我想望得心痛,我觉得这仿佛是夏天渴望的气息,寻求圆满。

我那时不晓得它离我是那么近,而且是我的,这完美的温馨,还是在我自己心灵的深处开放。

21

我必须撑出我的船去。时光都在岸边捱延消磨了——不堪的我呵!

春天把花开过就告别了。如今落红遍地,我却等待而又流连。

潮声渐喧,河岸的荫滩上黄叶飘落。

你凝望着的是何等的空虚!你不觉得有一阵惊喜和对岸遥远的歌声从天空中一同飘来吗?

22

在七月淫雨的浓阴中,你用秘密的脚步行走,夜一般的轻悄,躲过一切的守望的人。

今天,清晨闭上眼,不理连连呼喊的狂啸的东风,一张厚厚的纱幕遮住永远清醒的碧空。

林野住了歌声,家家闭户。在这冷寂的街上,你是孤独的行人。呵,我惟一的朋友,我最爱的人,我的家门是开着的——不要梦一般地走过罢。

23

在这暴风雨的夜晚你还在外面作爱的旅行吗,我的朋友?天空像失望者在哀号。

我今夜无眠。我不断地开门向黑暗中瞭望,我的朋友!

我什么都看不见。我不知道你要走哪一条路!

是从墨黑的河岸上,是从远远的愁惨的树林边,是穿过昏暗迂回的曲径,你摸索着来到我这里吗,我的朋友?

24

假如一天已经过去了,鸟儿也不歌唱,假如风也吹倦了,那就用黑暗的厚幕把我盖上罢,如同你在黄昏时节用睡眠的衾被裹上大地,又轻柔地将睡莲的花瓣合上。

旅客的行程未达,粮袋已空,衣裳破裂污损,而又精疲力尽,你解除了他的羞涩与困穷,使他的生命像花朵一样在仁慈的夜幕下苏醒。

25

在这困倦的夜里,让我帖服地把自己交给睡眠,把信赖托付给你。让我不去勉强我的萎靡的精神,来准备一个对你敷衍的礼拜。

是你拉上夜幕盖上白日的倦眼,使这眼神在醒觉的清新喜悦中,更新了起来。

26

他来坐在我的身边,而我没有醒起。多么可恨的睡眠,唉,不幸的我呵!

他在静夜中来到;手里拿着琴,我的梦魂和他的音乐起了共鸣。

唉,为什么每夜就这样的虚度了?呵,他的气息接触了我的睡眠,为什么我总看不见他的面?

27

灯火,灯火在哪里呢?用熊熊的渴望之火把它点上罢!

灯在这里,却没有一丝火焰,——这是你的命运吗,我的心呵!你还不如死了好!

悲哀在你门上敲着,她传话说你的主醒着呢,他叫你在夜的黑暗中奔赴爱的约会。

云雾遮满天空,雨也不停地下。我不知道我心里有什么在动荡,——我不懂得它的意义。

一霎的电光,在我的视线上抛下一道更深的黑暗,我的心摸索着寻找那夜的音乐对我呼唤的径路。

灯火,灯火在哪里呢?用熊熊的渴望之火把它点上罢!雷声在响,狂风怒吼着穿过天空。夜像黑岩一般的黑。不要让时间在黑暗中度过罢。用你的生命把爱的灯点上罢。

28

罗网是坚韧的,但是要撕破它的时候我又心痛。

我只要自由,为希望自由我却觉得羞愧。

我确知那无价之宝是在你那里,而且你是我最好的朋友,但我却舍不得清除我满屋的俗物。

我身上披的是尘灰与死亡之衣;我恨它,却又热爱地把它抱紧。

我的债负很多,我的失败很大,我的耻辱秘密而又深重;但当我来求福的时候,我又战栗,惟恐我的祈求得了允诺。

29

被我用我的名字囚禁起来的那个人,在监牢中哭泣。我每天不停地筑着围墙;当这道围墙高起接天的时候,我的真我便被高墙的黑影遮断不见了。

我以这道高墙自豪,我用沙土把它抹严,惟恐在这名字上还留着一丝罅隙;我煞费了苦心,我也看不见了真我。

30

我独自去赴幽会。是谁在暗寂中跟着我呢?

我走开躲他,但是我逃不掉。

他昂首阔步,使地上尘土飞扬;我说出的每一个字里,都掺杂着他的喊叫。

他就是我的小我,我的主,他恬不知耻;但和他一同到你门前,我却感到羞愧。

31

"囚人,告诉我,谁把你捆起来的?"

"是我的主人,"囚人说,"我以为我的财富与权力胜过世界上一切的人,我把我的国王的钱财聚敛在自己的宝库里。我昏困不过,睡在我主的床上,一觉醒来,我发现我在自己的宝库里做了囚人。"

"囚人,告诉我,是谁铸的这条坚牢的锁链?"

"是我,"囚人说,"是我自己用心铸造的。我以为我的无敌的权力会征服世界,使我有无碍的自由。我日夜用烈火重锤打造了这条铁链。等到工作完成,铁链坚牢完善,我发现这铁链把我捆住了。"

32

尘世上那些爱我的人,用尽方法拉住我。你的爱就不是那样,你的爱比他们的伟大得多,你让我自由。

他们从不敢离开我,恐怕我把他们忘掉。但是你,日子一天一天地过去,你还没有露面。

若是我不在祈祷中呼唤你,若是我不把你放在心上,你爱我的爱情仍在等待着我的爱。

33

白天的时候,他们来到我的房子里说,"我们只占用最小的一间屋子。"

他们说,"我们要帮忙你礼拜你的上帝,而且只谦恭地领受我们应得的一份恩典";他们就在屋角安静谦柔地坐下。

但是在黑夜里,我发现他们强暴地冲进我的圣堂,贪婪地攫取了神坛上的祭品。

34

只要我一息尚存,我就称你为我的一切。

只要我真诚不灭,我就感觉到你在我的四围,任何事情,我都来请教你,任何时候都把我的爱献上给你。

只要我一息尚存,我就永不把你藏匿起来。

只要把我和你的意旨锁在一起的脚镣,还留着一小段,你的意旨就在我的生命中实现——这脚镣就是你的爱。

35

在那里,心是无畏的,头也抬得高昂;

在那里,知识是自由的;

在那里,世界还没有被狭小的家国的墙隔成片段;

在那里,话是从真理的深处说出;

在那里,不懈的努力向着"完美"伸臂;

在那里,理智的清泉没有沉没在积习的荒漠之中;

在那里,心灵是受你的指引,走向那不断放宽的思想与行为——

进入那自由的天国,我的父呵,让我的国家觉醒起来罢。

36

这是我对你的祈求,我的主——请你铲除,铲除我心里贫乏的根源。

赐给我力量使我能清闲地承受欢乐与忧伤。

赐给我力量使我的爱在服务中得到果实。

赐给我力量使我永不抛弃穷人也永不向淫威屈膝。

赐给我力量使我的心灵超越于日常琐事之上。

再赐给我力量使我满怀爱意地把我的力量服从你意志的指挥。

37

我以为我的精力已竭,旅程已终——前路已绝,储粮已尽,退隐在静默鸿蒙中的时间已经到来。

但是我发现你的意志在我身上不知有终点。旧的言语刚在舌尖上死去,新的音乐又从心上进来;旧辙方迷,新的田野又在面前奇妙地展开。

38

我需要你,只需要你——让我的心不停地重述这句话。日夜引诱我的种种欲念,都是透顶的诈伪与空虚。

就像黑夜隐藏在祈求光明的朦胧里,在我潜意识的深处也响出呼声——我需要你,只需要你。

正如风暴用全力来冲击平静,却寻求终止于平静,我的反抗冲击着你的爱,而它的呼声也还是——我需要你,只需要你。

39

在我的心坚硬焦躁的时候,请洒我以慈霖。

当生命失去恩宠的时候,请赐我以欢歌。

当烦杂的工作在四围喧闹,使我和外界隔绝的时候,我的宁静的主,请带着你的和平与安息来临。

当我乞丐似的心,蹲闭在屋角的时候,我的国王,请你以王者的威仪破户而入。

当欲念以诱惑与尘埃来迷蒙我的心眼的时候,呵,圣者,你是清醒的,请你和你的雷电一同降临。

40

在我干枯的心上，好多天没有受到雨水的滋润了，我的上帝。天边是可怕的赤裸——没有一片轻云的遮盖，没有一丝远雨的凉意。

如果你愿意，请降下你的死黑的盛怒的风雨，以闪电震慑诸天罢。

但是请你召回，我的主，召回这弥漫沉默的炎热罢，它是沉重尖锐而又残忍，用可怕的绝望焚灼人心。

让慈云低垂下降，像在父亲发怒的时候，母亲的含泪的眼光。

41

我的情人，你站在大家背后，藏在何处的阴影中呢？在尘土飞扬的道上，他们把你推开走过，没有理睬你。在乏倦的时间，我摆开礼品来等候你，过路的人把我的香花一朵一朵地拿去，我的花篮几乎空了。

清晨，中午都过去了。暮色中，我倦眼蒙眬。回家的人们瞟着我微笑，使我满心羞惭。我像女丐一般地坐着，拉起裙儿盖上脸，当他们问我要什么的时候，我垂目没有答应。

呵，真的，我怎能告诉他们说我是在等候你，而且你也应许说你一定会来。我又怎能抱愧地说我的妆奁就是贫穷。呵，我在我心的微隐处紧抱着这一段骄荣。

我坐在草地上凝望天空，梦想着你来临时候那忽然炫耀的豪华——万彩交辉，车辇上金旗飞扬，在道旁众目睽睽之下，你从车座下降，把我从尘埃中扶起坐在你的旁边，这褴褛的丐女，含羞带喜，像蔓藤在暑风中颤摇。

但是时间流过了，还听不见你的车辇的轮声。许多仪仗队伍都在光彩喧阗中走过了。你只要静默地站在他们背后吗？我只能哭泣着等待，把我的心折磨在空虚的仁望之中吗？

42

在清晓的密语中,我们约定了同去泛舟,世界上没有一个人知道我们这无目的无终止的遨游。

在无边的海洋上,在你静听的微笑中,我的歌唱抑扬成调,像海波一般的自由,不受字句的束缚。

时间还没有到吗?你还有工作要做吗?看罢,暮色已经笼罩海岸,苍茫里海鸟已群飞归巢。

谁知道什么时候可以解开链索,这只船会像落日的余光,消融在黑夜之中呢?

43

那天我没有准备好来等候你,我的国王,你就像一个素不相识的平凡的人,自动地进到我的心里,在我生命的许多流逝的时光中,盖上了永生的印记。

今天我偶然照见了你的签印,我发现它们和我遗忘了的日常哀乐的回忆,杂乱地散掷在尘埃里。

你不曾鄙夷地避开我童年时代在尘土中的游戏,我在游戏室里所听见的足音,和在群星中的回响是相同的。

44

阴晴无定,夏至雨来的时节,在路旁等候瞭望,是我的快乐。

从不可知的天空带信来的使者们,向我致意又向前赶路。我衷心欢畅,吹过的风带着清香。

从早到晚我在门前坐地,我知道我一看见你,那快乐的时光便要突然来到。

这时我自歌自笑。这时空气里也充满着应许的芬芳。

45

你没有听见他静悄的脚步吗?他正在走来,走来,一直不停地走来。

每一个时间,每一个年代,每日每夜,他总在走来,走来,一直不停地走来。

在许多不同的心情里,我唱过许多歌曲,但在这些歌调里,我总在宣告说,"他正在走来,走来,一直不停地走来。"

四月芬芳的晴天里,他从林径中走来,走来,一直不停地走来。

七月阴暗的雨夜中,他坐着隆隆的云辇,前来,前来,一直不停在前来。

愁闷相继之中,是他的脚步踏在我的心上,是他的双脚的黄金般的接触,使我的快乐发出光辉。

46

我不知道从久远的什么时候,你就一直走近来迎接我。

你的太阳和星辰永不能把你藏起使我看不见你。

在许多清晨和傍晚,我曾听见你的足音,你的使者曾秘密地到我心里来召唤。

我不知道为什么今天我的生活完全激动了,一种狂欢的感觉穿过了我的心。

这就像结束工作的时间已到,我感觉到在空气中有你光降的微馨。

47

夜已将尽,等他又落了空。我怕在清晨我正在倦睡的时候,他忽然来到我的门前。呵,朋友们,给他开着门罢——不要拦阻他。

若是他的脚声没有把我惊醒,请不要叫醒我。我不愿意小鸟嘈杂的合唱,和庆祝晨光的狂欢的风声,把我从睡梦中吵醒。即使我的主突然来到我的门前,也让我无扰地睡着。

呵,我的睡眠,宝贵的睡眠,只等着他的摩触来消散。呵,我的合着的眼,只在他微笑的光中才开睫,当他像从洞黑的睡眠里浮现的梦一般地站立在我面前。

让他作为最初的光明和形象,来呈现在我的眼前。让他的眼光成为我觉醒的灵魂最初的欢跃。

让我自我的返回成为向他立地的皈依。

48

清晨的静海,漾起鸟语的微波;路旁的繁华,争妍斗艳;在我们匆忙赶路无心理睬的时候,云隙中散射出灿烂的金光。

我们不唱欢歌,也不嬉游;我们也不到村集上去交易;我们一语不发,也不微笑;我们不在路上流连。时间流逝,我们也加速了脚步。

太阳升到中天,鸽子在凉阴中叫唤。枯叶在正午的炎风中飞舞。牧童在榕树下做他的倦梦,我在水边卧下,在草地上展布我困乏的四肢。

我的同伴们嘲笑我;他们抬头疾走;他们不回顾也不休息;他们消失在远远的碧霭之中。他们穿过许多山林,经过生疏遥远的地方。长途上的英雄队伍呵,光荣是属于你们的!讥笑和责备要促我起立,但我却没有反应。我甘心没落在乐于接受的耻辱的深处——在模糊的快乐阴影之中。

阳光织成的绿阴的幽静,慢慢在笼罩着我的心。我忘记了旅行的目的,我无抵抗地把我的心灵交给阴影与歌曲的迷宫。

最后,我从沉睡中睁开眼,我看见你站在我身旁,我的睡眠沐浴在你的微笑之中。我从前是如何地惧怕,怕这道路的遥远困难,到你面前的努力是多么艰苦呵!

49

你从宝座上下来,站在我草舍门前。

我正在屋角独唱,歌声被你听到了。你下来站在我草舍门前。

在你的广厅里有许多名家,一天到晚都有歌曲在唱。但是这初学的简单的音乐,却得到了你的赏识。一支忧郁的小调,和世界的伟大音乐融合了,你还带了花朵作为奖赏,下了宝座停留在我的草舍门前。

50

我在村路上沿门求乞的时候,你的金辇像一个华丽的梦从远处出现,我在猜想这位万王之王是谁!

我的希望高升,我觉得我苦难的日子将要告终,我站着等候你自动的施与,等待那散掷在尘埃里的财宝。

车辇在我站立的地方停住了。你看到我,微笑着下车。我觉得我的运气到底来了。忽然你伸出右手来说:"你有什么给我呢?"

呵,这开的是什么样的帝王的玩笑,向一个乞丐伸手求乞!我糊涂了,犹疑地站着,然后从我的口袋里慢慢地拿出一粒最小的玉米献上给你。

但是我一惊不小,当我在晚上把口袋倒在地上的时候,在我乞讨来的粗劣东西之中,我发现了一粒金子,我痛哭了,恨我没有慷慨地将我所有都献给你。

51

夜深了。我们一天的工作都已做完。我们以为投宿的客人都已来到。村里家家都已闭户了。只有几个人说,国王是要来的。我们笑了说:"不会的,这是不可能的事!"

仿佛门上有敲叩的声音,我们说那不过是风。我们熄灯就寝。只有几个人说:"这是使者!"我们笑了说:"不是,这一定是风!"

在死沉沉的夜里传来一个声音。朦胧中我们以为是远远的雷响。墙摇地动,我们在睡眠里受了惊扰。只有几个人说"这是车轮的声音"。我们昏困地嘟哝着说:"不是,这一定是雷响!"

鼓声响起的时候天还没亮。有声音喊着说:"醒来罢!别耽误了!"我们拿手按住心口,吓得发抖。只有几个人说:"看哪,这是国王的旗子!"我们爬起来站着叫:"没有时间再耽误了!"

国王已经来了——但是灯火在哪里呢,花环在哪里呢?给他预备的宝座在哪里呢?呵,丢脸,呵,太丢脸了!客厅在哪里,陈设又在哪里呢?有几个人说了,"叫也无用了!用空手来迎接他罢,带他到你的空房里去罢!"

开起门来,吹起法螺罢!在深夜中国王降临到我黑暗凄凉的房子里了。空中雷声怒吼。黑暗和闪电一同颤抖。拿出你的破席铺在院子里罢。我们的国王在可怖之夜与暴风雨一同突然来到了。

52

我想我应当向你请求——可是我又不敢——你那挂在颈上的玫瑰花环。这样我等到早上,想在你离开的时候,从你床上找到些碎片。我像乞丐一样破晓就来寻找,只为着一两片散落的花瓣。

呵,我呵,我找到了什么呢?你留下了什么爱的表记呢?那不是花朵,不是香料,也不是一瓶香水。那是你的一把巨剑,火焰般放光,雷霆般沉重。清晨的微光从窗外射到床上。晨鸟喊喊喳喳着问:"女人,你得到了什么呢?"不,这不是花朵,不是香料,也不是一瓶香水——这是你的可畏的宝剑。

我坐着猜想,你这是什么礼物呢。我没有地方去藏放它。我不好意思佩带它,我是这样的柔弱,当我抱它在怀里的时候,它就把我压痛了。但是我要把这光宠铭记在心,你的礼物,这痛苦的负担。

从今起在这世界上我将没有畏惧,在我的一切奋斗中你将得到胜利。你留下死亡和我做伴,我将以我的生命给他加冕。我带着你的宝剑来斩断我的羁勒,在世界上我将没有畏惧。

从今起我要抛弃一切琐碎的装饰。我心灵的主,我不再在一隅等待哭泣,也不再畏怯娇羞。你已把你的宝剑给我佩带。我不再要玩偶的装饰品了!

53

你的手镯真是美丽,镶着星辰,精巧地嵌着五光十色的珠宝。但是依我看来你的宝剑是更美的,那弯弯的闪光像毗湿奴的神鸟展开的翅翼,完美地平悬在落日怒发的红光里。

它颤抖着像生命受死亡的最后一击时,在痛苦的昏迷中的最后反应;它炫耀着像将尽的世情的纯焰,最后猛烈的一闪。

你的手镯真是美丽,镶着星辰般的珠宝;但是你的宝剑,呵,雷霆的主,是铸得绝顶美丽,看到想到都是可畏的。

54

我不向你求什么;我不向你耳中陈述我的名字。当你离开的时候我静默地站着。我独立在树影横斜的井旁,女人们已顶着褐色的瓦罐盛满了水回家了。她们叫我说"和我们一块来罢,都快到了中午了"。但我仍在慵倦地流连,沉入恍惚的默想之中。

你走来时我没有听到你的足音。你含愁的眼望着我,你低语的时候声音是倦乏的——"呵,我是一个干渴的旅客。"我从幻梦中惊起把我罐里的水倒在你掬着的手掌里。树叶在头上萧萧地响着;杜鹃在幽暗处歌唱,曲径里传来胶树的花香。

当你问到我的名字的时候,我羞得悄立无言。真的,我替你做了什么,值得你的忆念?但是我幸能给你饮水止渴的这段回忆,将温馨地贴抱在我的心上。天已不早,鸟儿唱着倦歌,楝树叶子在头上沙沙作响,我坐着反复地想了又想。

55

乏倦压在你的心上,你眼中尚有睡意。

你没有得到消息说荆棘丛中花朵正在盛开吗?醒来罢,呵,醒来!不要让光阴虚度了!

在石径的尽头,在幽静无人的田野里,我的朋友在独坐着。不要欺骗他罢。醒来,呵,醒来罢!

即使正午的骄阳使天空喘息摇颤——即使灼热的沙地展布开它干渴的巾衣——

在你心的深处难道没有快乐吗?你的每一个足音,不会使道路的琴弦迸出痛苦的柔音吗?

56

只因你的快乐是这样地充满了我的心。只因你曾这样地俯就我。呵,你这诸天之主,假如没有我,你还爱谁呢?

你使我做了你这一切财富的共享者。在我心里你的欢乐不住地遨游。在我生命中你的意志永远实现。

因此,你这万王之王曾把自己修饰了来赢取我的心。因此你的爱也消融在你情人的爱里,在那里,你又以我俩完全合一的形象显现。

57

光明,我的光明,充满世界的光明,吻着眼目的光明,甜沁心腑的光明!

呵,我的宝贝,光明在我生命的一角跳舞;我的宝贝,光明在勾拨我爱的心弦;天开了,大风狂奔,笑声响彻大地。

蝴蝶在光明海上展开翅帆。百合与茉莉在光波的浪花上翻涌。

我的宝贝,光明在每朵云彩上散映成金,它撒下无量的珠宝。

我的宝贝,快乐在树叶间伸展,欢喜无边。天河的堤岸淹没了,欢乐的洪水在四散奔流。

58

让一切欢乐的歌调都融合在我最后的歌中——那使大地草海欢呼摇动的快乐,那使生和死两个孪生弟兄,在广大的世界上跳舞的快乐,那和暴风雨一同卷来,用笑声震撼惊醒一切的生命和快乐,那含泪默坐在盛开的痛苦的红莲上的快乐,那不知所谓,把一切所有抛掷于尘埃中的快乐。

59

是的,我知道,这只是你的爱,呵,我心爱的人——这在树叶上跳舞的金光,这些驶过天空的闲云,这使我头额清爽的吹过的凉风。

清晨的光辉涌进我的眼睛——这是你传给我心的消息。你的脸容下俯,你的眼睛下望着我的眼睛,我的心接触到了你的双足。

60

孩子们在无边的世界的海滨聚会。头上是静止的无垠的天空,不宁的海波奔腾喧闹。在无边的世界的海滨,孩子们欢呼跳跃地聚会着。

他们用沙子盖起房屋,用空贝壳来游戏。他们把枯叶编成小船,微笑着把它们漂浮在深远的海上。孩子在世界的海滨做着游戏。

他们不会凫水,他们也不会撒网。采珠的人潜水寻珠,商人们奔波航行,孩子们收集了石子却又把它们丢弃了。他们不搜求宝藏,他们也不会撒网。

大海涌起了喧笑,海岸闪烁着苍白的微笑。致人死命的波涛,像一个母亲在摇着婴儿的摇篮一样,对孩子们唱着无意义的谣歌。大海在同孩子们游戏,海岸闪烁着苍白的微笑。

孩子们在无边的世界的海滨聚会。风暴在无路的天空中飘游,船舶在无轨的海上破碎,死亡在猖狂,孩子们却在游戏。在无边的世界的海滨,孩子们盛大地聚会着。

61

这掠过婴儿眼上的睡眠——有谁知道它是从哪里来的吗?是的,有谣传说它住在林阴中,萤火朦胧照着的仙村里,那里挂着两颗甜柔迷人的花蕊。它从那里来吻着婴儿的眼睛。

在婴儿睡梦中唇上闪现的微笑——有谁知道它是从哪里生出来的吗?是的,有谣传说一线新月的微光,触到了消散的秋云的边缘,微笑就在被朝雾洗净的晨梦中,第一次生出来了——这就是那婴儿睡梦中唇上闪现的微笑。

在婴儿的四肢上,花朵般喷发的甜柔清新的生气,有谁知道它是在哪里藏了这么许久吗?是的,当母亲还是一个少女,它就在温柔安静的爱的神秘中,充塞在她的心里了——这就是那婴儿四肢上喷发的甜柔新鲜的生气。

62

当我送你彩色玩具的时候,我的孩子,我了解为什么云中水上会幻弄出这许多颜色,为什么花朵都用颜色染起——当我送你彩色玩具的时候,我的孩子。

当我唱歌使你跳舞的时候,我彻底地知道为什么树叶上响出音乐,为什么波浪把它们的合唱送进静听的大地的心头——当我唱歌使你跳舞的时候。

当我把糖果递到你贪婪的手中的时候,我懂得为什么花心里有蜜,为什么水果里隐藏着甜汁——当我把糖果递到你贪婪的手中的时候。

当我吻你的脸使你微笑的时候,我的宝贝,我的确了解晨光从天空流下时,是怎样地高兴,暑天的凉风吹到我身上时是怎样地愉快——当我吻你的脸使你微笑的时候。

63

你使不相识的朋友认识了我。你在别人家里给我准备了坐位。你缩短了距离，你把生人变成弟兄。

在我必须离开故居的时候，我心里不安；我忘了是旧人迁入新居，而且你也住在那里。

通过生和死，今生或来世，无论你带领我到哪里，都是你，仍是你，我的无穷生命中的惟一伴侣，永远用欢乐的系链，把我的心和陌生的人联系在一起。

人一认识了你，世上就没有陌生的人，也没有了紧闭的门户。呵，请允许我的祈求，使我在与众生游戏之中，永不失去和你单独接触的福祉。

64

在荒凉的河岸上，深草丛中，我问她，"姑娘，你用披纱遮着灯，要到哪里去呢？我的房子黑暗寂寞，——把你的灯借给我罢。"她抬起乌黑的眼睛，从暮色中看了我一会。"我到河边来，"她说，"要在太阳西下的时候，把我的灯漂浮到水上去。"我独立在深草中看着她的灯的微弱的火光，无用地在潮水上漂流。

在薄暮的寂静中，我问她，"你的灯火都已点上了——那么你拿着这灯到哪里去呢？我的房子黑暗寂寞，——把你的灯借给我罢。"她抬起乌黑的眼睛望着我的脸，站着沉吟了一会。最后她说，"我来是要把我的灯献给上天。"我站着看她的灯光在天空中无用地燃点着。

在无月的夜半朦胧之中，我问她，"姑娘，你做什么把灯抱在心前呢？我的房子黑暗寂寞，——把你的灯借给我罢。"她站住沉思了一会，在黑暗中注视着我的脸。她说，"我是带着我的灯，来参加灯节的。"我站着看着她的灯，无用地消失在众光之中。

65

我的上帝,从我满溢的生命之杯中,你要饮什么样的圣酒呢?

通过我的眼睛,来观看你自己的创造物,站在我的耳门上,来静听你自己的永恒的谐音,我的诗人,这是你的快乐吗?

你的世界在我的心灵里织上字句,你的快乐又给它们加上音乐。你把自己在梦中交给了我,又通过我来感觉你自己的完满的甜柔。

66

那在神光离合之中,潜藏在我生命深处的她;那在晨光中永远不肯揭开面纱的她,我的上帝,我要用最后的一首歌把她包裹起来,作为我给你的最后的献礼。

无数求爱的话,都已说过,但还没有赢得她的心;劝诱向她伸出渴望的臂,也是枉然。

我把她深藏在心里,到处漫游,我生命的荣枯围绕着她起落。

她统治着我的思想,行动和睡梦,她却自己独居索处。

许多的人叩我的门来访问她,都失望地回去。

在这世界上从没有人和她面对过,她在孤守着静待你的赏识。

67

你是天空,你也是窝巢。

呵,美丽的你,在窝巢里就是你的爱,用颜色、声音和香气来围拥住灵魂。

在那里,清晨来了,右手提着金筐,带着美的花环,静静地替大地加冕。

在那里,黄昏来了,越过无人畜牧的荒林,穿过车马绝迹的小径,在她的金瓶里带着安静的西方海上和平的凉飙。

但是在那里,纯白的光辉,统治着伸展着的为灵魂翱翔的无际的天空。在那里无昼无夜,无形无色,而且永远,永远无有言说。

68

你的阳光射到我的地上,整天地伸臂站在我门前,把我的眼泪、叹息和歌曲变成的云彩,带回放在你的足边。

你喜爱地将这云带缠围在你的星胸之上,绕成无数的形式和褶纹,还染上变幻无穷的色彩。

它是那样的轻柔,那样的飘扬,温软,含泪而黯淡,因此你就爱惜它,呵,你这庄严无瑕者。这就是为什么它能够以它可怜的阴影遮掩你的可畏的白光。

69

就是这股生命的泉水,日夜流穿我的血管,也流穿过世界,又应节地跳舞。

就是这同一的生命,从大地的尘土里快乐地伸放出无数片的芳草,迸发出繁花密叶的波纹。

就是这同一的生命,在潮汐里摇动着生和死的大海的摇篮。

我觉得我的四肢因受着生命世界的爱抚而光荣。我的骄傲,是因为时代的脉搏,此刻在我血液中跳动。

70

这欢欣的音律不能使你欢欣吗?不能使你回旋激荡,消失碎裂在这可怖的快乐旋转之中吗?

万物急邃地前奔,它们不停留也不回顾,任何力量都不能挽住它们,它们急邃地前奔。

季候应和着这急速不宁的音乐,跳舞着来了又去——颜色、声音、香味在这充溢的快乐里,汇注成奔流无尽的瀑泉,时时刻刻地在散溅、退落而死亡。

71

我应当自己发扬光大,四周放射,投映彩影于你的光辉之中——这便是你的幻境。

你在你自身里立起隔栏,用无数不同的音调来呼唤你的分身。你这分身已在我体内形成。

高亢的歌声响彻诸天,在多彩的眼泪与微笑,震惊与希望中回应着;波起复落,梦破又圆。在我里面是你自身的破灭。

你卷起的那重帘幕,是用昼和夜的画笔,绘出了无数的花样。幕后的你的坐位,是用奇妙神秘的曲线织成,抛弃了一切无聊的笔直的线条。

你我组成的伟丽的行列,布满了天空。因着你我的歌声,太空都在震颤,一切时代都在你我捉迷藏中度过了。

72

就是他,那最深奥的,用他深隐的摩触使我清醒。

就是他把神符放在我的眼上,又快乐地在我心弦上弹弄出种种哀乐的调子。

就是他用金、银、青、绿的灵幻的色丝,织起幻境的披纱,他的脚趾从衣褶中外露,在他的摩触之下,我忘却了自己。

日来年往,就是他永远以种种名字,种种姿态,种种的深悲和极乐,来打动我的心。

73

在断念屏欲之中,我不需要拯救。在万千欢愉的约束里我感到了自由的拥抱。

你不断地在我的瓦罐里满满地斟上不同颜色不同芬芳的新酒。

我的世界,将以你的火焰点上他的万盏不同的明灯,安放在你庙宇的坛前。

不,我永不会关上我感觉的门户。视、听、触的快乐会含带着你的快乐。

是的,我的一切幻想会燃烧成快乐的光明,我的一切愿望将结成爱的果实。

74

白日已过,暗影笼罩大地。是我到河边汲水的时候了。

晚空凭着水的凄音流露着切望。呵,它呼唤我出到暮色中来。荒径上断绝人行,风起了,波浪在河里翻腾。

我不知道是否应该回家去。我不知道我会遇见什么人。浅滩的小舟上有个不相识的人正弹着琵琶。

75

你赐给我们世人的礼物,满足了我们一切的需要,可是它们又毫未减少地返回到你那里。

河水有它每天的工作,匆忙地穿过田野和村庄;但它的不绝的水流,又曲折地回来洗你的双脚。

花朵以芬芳熏香了空气;但它最终的任务,是把自己献上给你。

对你供献不会使世界困穷。

人们从诗人的字句里,选取自己心爱的意义;但是诗句的最终意义是指向着你。

76

过了一天又是一天,呵,我生命的主,我能够和你对面站立吗?呵,全世界的主,我能合掌和你对面站立吗?

在广阔的天空下,严静之中,我能够带着虔恭的心,和你对面站立吗?

在你的劳碌的世界里,喧腾着劳作和奋斗,在营营扰扰的人群中,我能和你对面站立吗?

当我已做完了今生的工作,呵,万王之王,我能够独自悄立在你的面前吗?

77

我知道你是我的上帝,却远立在一边——我不知道你是属我的,就走近你。我知道你是我的父亲,就在你脚前俯伏——我没有像和朋友握手那样的紧握你的手。

我没有在你降临的地方,站立等候,把你抱在胸前,当你做同志,把你占有。

你是我弟兄的弟兄,但是我不理他们,不把我赚得的和他们平分,我以为这样做,才能和你分享我的一切。

在快乐和苦痛里,我都没有站在人类的一边,我以为这样做,才能和你站在一起。

我畏缩着不肯舍生,因此我没有跳入生命的伟大的海洋里。

78

当鸿蒙初辟,繁星第一次射出灿烂的光辉,众神在天上集会,唱着"呵,完美的画图,完全的快乐!"

有一位神忽然叫起来了——"光链里仿佛断了一环,一颗星星走失了。"

他们金琴的弦子猛然折断了,他们的歌声停止了,他们惊惶地叫着——"对了,那颗走失的星星是最美的,她是诸天的光荣!"

从那天起,他们不住地寻找她,众口相传地说,因为她丢了,世界失去了一种快乐。

只在严静的夜里,众星微笑着互相低语说——"寻找是无用的,无缺的完美正笼盖着一切!"

79

假如我今生无缘遇到你,就让我永远感到恨不相逢——让我念念不忘,让我在醒时梦中都怀带着这悲哀的苦痛。

当我的日子在世界的闹市中度过,我的双手满捧着每日的赢利的时候,让我永远觉得我是一无所获——让我念念不忘,让我在醒时梦中都怀带着这悲哀的苦痛。

当我坐在路边,疲乏喘息,当我在尘土中铺设卧具,让我永远记着前面还有悠悠的长路——让我念念不忘,让我在醒时梦中都怀带着这悲哀的苦痛。

当我的屋子装饰好了,箫笛吹起,欢笑声喧的时候,让我永远觉得我还没有请你光临——让我念念不忘,让我在醒时梦中都怀带着这悲哀的苦痛。

80

我像一片秋天的残云,无主地在空中飘荡,呵,我的永远光耀的太阳!你的摩触还没有蒸化了我的水汽,使我与你的光明合一,因此我计算着和你分离的悠长的年月。

假如这是你的愿望,假如这是你的游戏,就请把我这流逝的空虚染上颜色,镀上金辉,让它在狂风中飘浮,舒卷成种种的奇观。

而且假如你愿意在夜晚结束了这场游戏,我就在黑暗中,或在灿白晨光的微笑中，在净化的清凉中，溶化消失。

81

在许多闲散的日子，我悼惜着虚度了的光阴。但是光阴并没有虚度，我的主。你掌握了我生命里寸寸的光阴。

你潜藏在万物的心里，培育着种子发芽，蓓蕾绽红，花落结实。

我困乏了，在闲榻上睡眠，想象一切工作都已停歇。早晨醒来，我发现我的园里，却开遍了异蕊奇花。

82

你手里的光阴是无限的，我的主。你的分秒是无法计算的。

夜去明来，时代像花开花落。你晓得怎样来等待。

你的世纪，一个接着一个，来完成一朵小小的野花。

我们的光阴不能浪费，因为没有时间，我们必须争取机缘。我们太穷苦了，决不可迟到。

因此，在我把时间让给每一个性急的，向我索要时间的人，我的时间就虚度了，最后你的神坛上就没有一点祭品。

一天过去，我赶忙前来，怕你的门已经关闭；但是我发现时间还有充裕。

83

圣母呵，我要把我悲哀的眼泪穿成珠链，挂在你的颈上。

星星把光明做成足镯，来装扮你的双足，但是我的珠链要挂在你的胸前。

名利自你而来，也全凭你的予取。但这悲哀却完全是我自己的，当我把它当做祭品献给你的时候，你就以你的恩慈来酬谢我。

84

离愁弥漫世界,在无际的天空中生出无数的情景。

就是这离愁整夜地悄望星辰,在七月阴雨之中,萧萧的树籁变成抒情的诗歌。

就是这笼压弥漫的痛苦,加深而成为爱、欲,而成为人间的苦乐;就是它永远通过诗人的心灵,融化流涌而成为诗歌。

85

当战士们从他们主公的明堂里刚走出来,他们的武力藏在哪里呢?他们的甲胄和干戈藏在哪里呢?

他们显得无助、可怜,当他们从他们主公的明堂走出的那一天,如雨的箭矢向着他们飞射。

当战士们整队走回他们主公的明堂里的时候,他们的武力藏在哪里呢?

他们放下了刀剑和弓矢;和平在他们的额上放光,当他们整队走回他们主公的明堂的那一天,他们把他们生命的果实留在后面了。

86

死亡,你的仆人,来到我的门前。他渡过不可知的海洋临到我家,来传达你的召令。

夜色沉黑,我心中畏惧——但是我要端起灯来,开起门来,鞠躬欢迎他。因为站在我门前的是你的使者。

我要含泪地合掌礼拜他。我要把我心中的财产,放在他脚前,来礼拜他。

他的使命完成了就要回去,在我的晨光中留下了阴影;在我萧条的家里,只剩下孤独的我,作为最后献你的祭品。

87

在无望的希望中,我在房里的每一个角落找她;我找不到她。

我的房子很小,一旦丢了东西就永远找不回来。

但是你的房子是无边无际的,我的主,为着找她,我来到了你的门前。

我站在你薄暮金色的天穹下,向你抬起渴望的眼。

我来到了永恒的边涯,在这里万物不灭——无论是希望,是幸福,或是从泪眼中望见的人面。

呵,把我空虚的生命浸到这海洋里罢,跳进这最深的完满里罢。让我在宇宙的完整里,感觉一次那失去的温馨的接触罢。

88

破庙里的神呵!七弦琴的断线不再弹唱赞美你的诗歌。晚钟也不再宣告礼拜你的时间。你周围的空气是寂静的。

流荡的春风来到你荒凉的居所。它带来了香花的消息——就是那素来供养你的香花,现在却无人来呈献了。

你的礼拜者,那些漂泊的旅人,永远在企望那还未得到的恩典。黄昏来到,灯光明灭于尘影之中,他困乏地带着饥饿的心回到这破庙里来。

许多佳节都在静默中来到,破庙的神呵。许多礼拜之夜,也在无火无灯中度过了。

精巧的艺术家,造了许多新的神像,当他们的末日来到了,便被抛入遗忘的圣河里。

只有破庙的神遗留在无人礼拜的、不死的冷淡之中。

89

　　我不再高谈阔论了——这是我主的意旨。从那时起我轻声细语。我心里的话要用歌曲低唱出来。

　　人们急急忙忙地到国王的市场上去,买卖的人都在那里。但在工作正忙的正午,我就早早地离开。

　　那就让花朵在我的园中开放,虽然花时未到;让蜜蜂在中午奏起他们慵懒的嗡哼。

　　我曾把充分的时间,用在理欲交战里,但如今是我暇日游侣的雅兴,把我的心拉到他那里去;我也不知道这忽然的召唤,会引到什么突出的奇景。

90

　　当死神来叩你门的时候,你将以什么贡献他呢?

　　呵,我要在我客人面前,摆上我的满斟的生命之杯——我决不让他空手回去。

　　我一切的秋日和夏夜和丰美的收获,我匆促的生命中的一切获得和收藏,在我临终,死神来叩我的门的时候,我都要摆在他的面前。

91

　　呵,你这生命最后的完成,死亡,我的死亡,来对我低语罢!

　　我天天地在守望着你;为你,我忍受着生命中的苦乐。

　　我的一切存在,一切所有,一切希望,和一切的爱,总在深深的秘密中向你奔流。你的眼睛向我最后一盼,我的生命就永远是你的。

　　花环已为新郎编好。婚礼行过,新娘就要离家,在静夜里和她的主人独对了。

92

我知道这日子将要来到,当我眼中的人世渐渐消失,生命默默地向我道别,把最后的帘幕拉过我的眼前。

但是星辰将在夜中守望,晨曦仍旧升起,时间像海波的汹涌,激荡着欢乐与哀伤。

当我想到我的时间的终点,时间的隔栏便破裂了,在死的光明中,我看见了你的世界和这世界里弃置的珍宝。最低的坐位是极其珍奇的,最小的生物也是世间少有的。

我追求而未得到和我已经得到的东西——让它们过去罢。只让我真正地据有了那些我所轻视和忽略的东西。

93

我已经请了假。弟兄们,祝我一路平安罢!我向你们大家鞠了躬就启程了。

我把我门上的钥匙交还——我把房子的所有权都放弃了。我只请求你们最后的几句好话。

我们做过很久的邻居,但是我接受的多,给与的少。现在天已破晓,我黑暗屋角的灯光已灭。召命已来,我就准备启行了。

94

在我动身的时光,祝我一路福星罢,我的朋友们!天空里晨光辉煌,我的前途是美丽的。

不要问我带些什么到那边去。我只带着空空的手和企望的心。

我要戴上我婚礼的花冠。我穿的不是红褐色的行装,虽然间关险阻,我心里也没有惧怕。

旅途尽处,晚星将生,从王宫的门口将弹出黄昏的凄乐。

95

当我刚跨过此生的门槛的时候,我并没有发觉。

是什么力量使我在这无边的神秘中开放,像一朵嫩蕊,中夜在森林里开花!

早起我看到光明,我立时觉得在这世界里我不是一个生人,那不可思议、不可名状的,已以我自己母亲的形象,把我抱在怀里。

就是这样,在死亡里,这同一的不可知者又要以我熟识的面目出现。因为我爱今生,我知道我也会一样在爱死亡。

当母亲从婴儿口中拿开右乳的时候,他就啼哭,但他立刻又从左乳得到了安慰。

96

当我走的时候,让这个作我的别话罢,就是说我所看过的是卓绝无比的。

我曾尝过在光明海上开放的莲花里的隐蜜,因此我受了祝福——让这个作我的别话罢。

在这形象万千的游戏室里,我已经游玩过,在这里我已经瞥见了那无形象的他。

我浑身上下因着那无从接触的他的摩抚而喜颤;假如死亡在这里来临,就让它来好了——让这个作我的别话罢。

97

当我是同你做游戏的时候,我从来没有问过你是谁。我不懂得羞怯和惧怕,我的生活是热闹的。

清晨你就来把我唤醒,像我自己的伙伴一样,带着我跑过林野。

那些日子,我从来不想去了解你对我唱的歌曲的意义。我只随声附和,我的心应节跳舞。

现在,游戏的时光已过,这突然来到我眼前的情景是什么呢?世界低下眼来看着你的双脚,和它的肃静的众星一同敬畏地站着。

98

我要以胜利品,我的失败的花环,来装饰你。逃避不受征服,是我永远做不到的。

我准知道我的骄傲会碰壁,我的生命将因着极端的痛苦而炸裂,我的空虚的心将像一支空苇呜咽出哀音,顽石也融成眼泪。

我准知道莲花的百瓣不会永远闭合,深藏的花蜜定将显露。

从碧空将有一只眼睛向我凝视,在默默地召唤我。我将空无所有,绝对的空无所有,我将从你脚下领受绝对的死亡。

99

当我放下舵盘,我知道你来接收的时候到了。当做的事立刻要做了。挣扎是无用的。

那就把手拿开,静默地承认失败罢,我的心呵,要想到能在你的岗位上默坐,还算是幸运的。

我的几盏灯都被一阵阵的微风吹灭了,为想把它们重新点起,我屡屡地把其他的事情都忘却了。

这次我要聪明一点,把我的席子铺在地上,在暗中等候;什么时候你高兴,我的主,悄悄地走来坐下罢。

100

我跳进形象海洋的深处,希望能得到那无形象的完美的珍珠。

我不再以我的旧船去走遍海港,我乐于弄潮的日子早已过去了。

现在我渴望死于不死之中。

我要拿起我的生命的弦琴,进入无底深渊旁边,那座涌出无调的乐音的广厅。

我要调拨我的琴弦,和永恒的乐音合拍,当它呜咽出最后的声音时,就把我静默的琴儿放在静默的脚边。

101

我这一生永远以诗歌来寻求你。它们领我从这门走到那门,我和它们一同摸索,寻求着,接触着我的世界。

我所学过的功课,都是诗歌教给我的;它们把捷径指示给我,它们把我心里地平线上的许多星辰,带到我的眼前。

它们整天地带领我走向苦痛和快乐的神秘之国,最后,在我旅程终点的黄昏,它们要把我带到哪一座宫殿的门首呢?

102

我在人前夸说我认得你。在我的作品中,他们看到了你的画像。他们走来问我:"他是谁?"我不知道怎么回答。我说,"真的,我说不出来。"他们斥责我,轻蔑地走开了。你却坐在那里微笑。

我把你的事迹编成不朽的诗歌。秘密从我心中涌出。他们走来问我,"把所有的意思都告诉我们罢。"我不知道怎样回答。我说,"呵,谁知道那是什么意思!"他们哂笑了,鄙夷之极地走开。你却坐在那里微笑。

103

在我向你合十膜拜之中,我的上帝,让我一切的感知都舒展在你的脚下,接触这个世界。

像七月的湿云,带着未落的雨点沉沉下垂,在我同你合十膜拜之中,让我的全副心灵在你的门前俯伏。

让我所有的诗歌,聚集起不同的调子,在我向你合十膜拜之中,成为一股洪流,倾注入静寂的大海。

像一群思乡的鹤鸟,日夜飞向它们的山巢,在我向你合十膜拜之中,让我全部的生命,启程回到它永久的家乡。

谢冰心 译

园 丁 集

(1913)

1

仆　人

请对你的仆人开恩吧,我的女王!

女　王

集会已经开始,我的仆人们都走了。你为什么来得这么晚呢?

仆　人

你同别人谈过以后,就是我的时间了。

我来问有什么剩余的工作,好让你的最末一个仆人去做。

女　王

在这么晚的时间你还想做什么呢?

仆　人

让我做你花园里的园丁吧。

女　王

这是什么傻想头呢?

仆　人

我要搁下别的工作。

我把我的剑矛扔在尘土里。不要差遣我去遥远的宫廷;不要命令我做新的征讨。只求你让我做你花园里的园丁。

女　王

你的职责是什么呢?

仆　人

为你闲散的日子服务。

我要保持你清晨散步的草径清爽新鲜,你每一移步将有甘于就死的繁花以赞颂来欢迎你的双足。

我将在七叶树的枝间推送你的秋千;向晚的月亮将挣扎着从叶隙

里吻你的衣裙。

我将在你床边的灯盏里添满了香油,我将用檀香和番红花膏在你脚垫上涂画上美妙的花样。

女　王

你要什么酬报呢?

仆　人

只要你允许我像握着嫩柔的菡萏一般地握住你的小拳,把花串套上你的纤腕;允许我用无忧的花红汁来染你的脚底,以亲吻来拂去那偶然留在那里的尘埃。

女　王

你的祈求被接受了,我的仆人,你将是我花园里的园丁。

2

"呵,诗人,夜晚渐临;你的头发已经变白。

"在你孤寂的沉思中听到了来生的消息么?"

"是夜晚了,"诗人说,"夜虽已晚,我还在静听,因为也许有人会从村中呼唤。

"我看守着,是否有年轻的飘游的心聚在一起,两对渴望的眼睛切盼有音乐来打破他们的沉默并替他们说话。

"如果我坐在生命的岸边默想着死亡和来世,又有谁来编写他们的热情的诗歌呢?

"早现的晚星消隐了。

"火葬灰中的红光在沉静的河边慢慢地熄灭下去。

"残月的微光下,胡狼从空宅的庭院里齐声嗥叫。

"假如有游子们,离了家,到这里来守夜,低头静听黑暗的微语,有谁把生命的秘密向他耳边低诉呢,如果我,关起门户,企图摆脱世俗的牵缠?

"我的头发变白是一件小事。

"我是永远和这村里最年轻的人一样的年轻,最年老的人一样的年老。

"有的人发出甜柔单纯的微笑,有的人眼里含着狡猾的闪光。

"有的人在白天流涌着眼泪,有的人的眼泪却隐藏在幽暗里。

"他们都需要我,我没有时间去冥想来生。

"我和每一个人都是同年的,我的头发变白了又该怎样呢?"

3

早晨我把网撒在海里。

我从沉黑的深渊拉出奇形奇美的东西——有些微笑般地发亮,有些眼泪般地闪光,有的晕红得像新娘的双颊。

当我携带着这一天的担负回到家里的时候,我爱正坐在园里悠闲地扯着花叶。

我沉吟了一会,就把我捞得的一切放在她的脚前,沉默地站着。

她瞥了一眼说,"这是些什么怪东西?我不知道这些东西有什么用处!"

我羞愧得低了头,心想,"我并没有为这些东西去奋斗,也不是从市场里买来的;这些不是配送给她的礼物。"

整夜的工夫我把这些东西一件一件地丢到街上。

早晨行路的人来了;他们把这些拾起带到远方去了。

4

我真烦,为什么他们把我的房子盖在通向市镇的路边呢?

他们把满载的船只拴在我的树上。

他们任意地来去游逛。

我坐着看着他们;光阴都消磨了。

我不能回绝他们。这样我的日子便过去了。

日日夜夜他们的足音在我门前震荡。

我徒然地叫,"我不认得你们。"

有些人是我的手指所认识的,有的人是我的鼻官所认识的,我脉管中的血液似乎认得他们,有些人是我的魂梦所认识的。

我不能回绝他们。我呼唤他们说,"谁愿意到我房子里来的就请来吧,对了,来吧。"

清晨庙里的钟声敲起。

他们提着筐子来了。

他们的脚像玫瑰般红。熹微的晨光照在他们的脸上。

我不能回绝他们。我呼唤他们说,"到我园里来采花吧。到这里来吧。"

中午锣声在庙殿门前敲起。

我不知道他们为什么放下工作在我篱畔流连。

他们发上的花朵已经褪色枯萎了;他们横笛里的音调也显得乏倦。

我不能回绝他们。我呼唤他们说,"我的树阴下是凉爽的。来吧,朋友们。"

夜里蟋蟀在林中唧唧地叫。

是谁慢慢地来到我的门前轻轻地敲叩?

我模糊地看到他的脸,他一句话也没说,四围是天空的静默。

我不能回绝我的沉默的客人。我从黑暗中望着他的脸,梦幻的时间过去了。

5

我心绪不宁。我渴望着遥远的事物。

我的灵魂在极想中走出,要去摸触幽暗的远处的边缘。

呵,"伟大的来生",呵,你笛声的高亢的呼唤!

我忘却了,我总是忘却了,我没有奋飞的翅翼,我永远在这地点系住。

我切望而又清醒,我是一个异乡的异客。
你的气息向我低语出一个不可能的希望。
我的心懂得你的语言就像它懂得自己的语言一样。
呵,"遥远的寻求",呵,你笛声的高亢的呼唤!
我忘却了,我总是忘却了,我不认得路,我也没有生翼的马。

我心绪不宁。我是自己心中的流浪者。
在疲倦时光的日霭中,你广大的幻象在天空的蔚蓝中显现!
呵,"最远的尽头",呵,你笛声的高亢的呼唤!
我忘却了,我总是忘却了,在我独居的房子里,所有的门户都是紧闭的!

6

驯养的鸟在笼里,自由的鸟在林中。
时间到了,他们相会,这是命中注定的。
自由的鸟说,"呵,我爱,让我们飞到林中去吧。"
笼中的鸟低声说,"到这里来吧,让我俩都住在笼里。"
自由的鸟说,"在栅栏中间,哪有展翅的余地呢?"
"可怜呵,"笼中的鸟说,"在天空中我不晓得到哪里去栖息。"

自由的鸟叫唤说,"我的宝贝,唱起林野之歌吧。"
笼中的鸟说,"坐在我旁边吧,我要教你说学者的语言。"
自由的鸟叫唤说,"不,不! 歌曲是不能传授的。"
笼中的鸟说,"可怜的我呵,我不会唱林野之歌。"

他们的爱情因渴望而更加热烈,但是他们永不能比翼双飞。

他们隔栏相望,而他们相知的愿望是虚空的。

他们在依恋中振翼,唱说,"靠近些吧,我爱!"

自由的鸟叫唤说,"这是做不到的,我怕这笼子的紧闭的门。"

笼里的鸟低声说,"我的翅翼是无力的,而且已经死去了。"

7

呵,母亲,年轻的王子要从我们门前走过,——今天早晨我哪有心思干活呢?

教给我怎样挽发;告诉我应该穿哪件衣裳。

你为什么惊讶地望着我呢,母亲?

我深知他不会仰视我的窗户;我知道一刹那间他就要走出我的视线以外;只有那残曳的笛声将从远处向我呜咽。

但是那年轻的王子将从我们门前走过,这时节我要穿上我最好的衣裳。

呵,母亲,年轻的王子已经从我们门前走过了,从他的车辇里射出朝日的金光。

我从脸上掠开面纱,我从颈上扯下红玉的颈环,扔在他走来的路上。

你为什么惊讶地望着我呢,母亲?

我深知他没有拾起我的颈环;我知道它在他的轮下碾碎了,在尘土上留下了红斑,没有人晓得我的礼物是什么样子,也不知是给谁的。

但是那年轻的王子曾经从我们门前走过,我也曾经把我胸前的珍宝丢在他走来的路上了。

8

当我床前的灯熄灭了,我和晨鸟一同醒起。

我在散发上戴上新鲜的花串,坐在洞开的窗前。

那年轻的行人在玫瑰色的朝霭中从大路上来了。

珠链在他的颈上,阳光在他的冠上。他停在我的门前,用切望的呼声问我,"她在哪里呢?"

为着深羞我说不出,"她就是我,年轻的行人,她就是我。"

黄昏来到,还未上灯。

我不宁地编着头发。

在落日的光辉中年轻的行人驾着车辇来了。

他的驾车的马,嘴里喷着白沫,他的衣袍上蒙着尘土。

他在我的门前下车,用疲乏的声音问,"她在哪里呢?"

为着深羞我说不出,"她就是我,愁倦的行人,她就是我。"

一个四月的夜晚。我的屋里点着灯。

南风温柔地吹来。多言的鹦鹉在笼里睡着了。

我的衷衣和孔雀颈毛一样地华彩,我的披纱和嫩草一样地碧青。

我坐在窗前地上看望着冷落的街道。

在沉黑的夜中我不住地低吟着,"她就是我,失望的行人,她就是我。"

9

当我在夜中独赴幽会的时候,鸟儿不叫,风儿不吹,街道两旁的房屋沉默地站立着。

是我自己的脚镯越走越响使我羞怯。

当我坐在凉台上倾听他的足音,树叶不摇,河水静止像熟睡的哨兵膝上的刀剑。

是我自己的心在狂跳——我不知道怎样使它宁静。

当我爱来了坐在我身旁,当我的身躯震颤,我的眼睫下垂,夜更深了,风吹灯灭,云片在繁星上曳过轻纱。

是我自己胸前的珍宝放出光明。我不知道怎样把它遮起。

10

放下你的工作吧,我的新娘。听,客人来了。

你听见没有,他在轻轻地摇动那拴门的链子?

小心不要让你的脚镯响出声音,在迎接他的时候你的脚步不要太急。

放下你的工作吧,新娘,客人在晚上来了。

不,这不是一阵阴风,新娘,不要惊惶。

这是四月夜中的满月;院里的影子是暗淡的;头上的天空是明亮的。

把轻纱遮上脸,若是你觉得需要,提着灯到门前去,若是你害怕。

不,这不是一阵阴风,新娘,不要惊惶。

若是你害羞就不必和他说话;你迎接他的时候只需站在门边。

他若问你话,若是你愿意这样做,你就沉默地低眸。

不要让你的手镯作响,当你提着灯,带他进来的时候。

不必同他说话,如果你害羞。

你的工作还没有做完么,新娘?听,客人来了。

你还没有把牛棚里的灯点起来么?

你还没有把晚祷的供筐准备好么?

你还没有在发缝中涂上鲜红的吉祥点,你还没有理过晚妆么?

呵,新娘,你没有听见,客人来了么?

放下你的工作吧!

11

你就这样地来吧；不要在梳妆上捱延了。

即使你的辫发松散，即使你的发辫没有分直，即使你衷衣的丝带没有系好，都不要管它。

你就这样地来吧；不要在梳妆上捱延了。

来吧，用快步踏过草坪。

即使露水粘掉了你脚上的红粉，即使你踝上的铃串褪松，即使你链上的珠儿脱落，都不要管它。

来吧，用快步踏过草坪吧。

你没看见云雾遮住天空么？

鹤群从远远的河岸飞起，狂风吹过常青的灌木。

惊牛奔向村里的栅棚。

你没看见云雾遮住天空么？

你徒然点上晚妆的灯火——它颤摇着在风中熄灭了。

谁能看出你眼睫上没有涂上乌烟？因为你的眼睛比雨云还黑。

你徒然点上晚妆的灯火——它熄灭了。

你就这样地来吧；不要在梳妆上捱延了。

即使花环没有穿好，谁管它呢；即使手镯没有扣上，让它去吧。

天空被阴云塞满了——时间已晚。

你就这样地来吧；不要在梳妆上捱延了。

12

若是你要忙着把水瓶灌满，来吧，到我的湖上来吧。

湖水将回绕在你的脚边,潺潺地说出它的秘密。

沙滩上有了欲来的雨云的阴影,云雾低垂在丛树的绿线上像你眉上的浓发。

我深深地熟悉你脚步的韵律,它在我心中敲击。

来吧,到我的湖上来吧,如果你必须把水瓶灌满。

如果你想懒散闲坐,让你的水瓶漂浮在水面,来吧,到我的湖上来吧。

草坡碧绿,野花多得数不清。

你的思想将从你乌黑的眼眸中飞出,像鸟儿飞出窝巢。

你的披纱将褪落到脚上。

来吧,如果你要闲坐,到我的湖上来吧。

如果你想撇下嬉游跳进水里,来吧,到我的湖上来吧。

把你的蔚蓝的丝巾留在岸上;蔚蓝的水将没过你,盖住你。

水波将蹑足来吻你的颈项,在你耳边低语。

来吧,如果你想跳进水里,到我的湖上来吧。

如果你想发狂而投入死亡,来吧,到我的湖上来吧。

它是清凉的,深到无底。

它沉黑得像无梦的睡眠。

在它的深处黑夜就是白天,歌曲就是静默。

来吧,如果你想投入死亡,到我的湖上来吧。

13

我一无所求,只站在林边树后。

倦意还逗留在黎明的眼上,露润在空气里。

湿草的懒味悬垂在地面的薄雾中。

在榕树下你用乳油般柔嫩的手挤着牛奶。

我沉静地站立着。

我没有说出一个字。那是藏起的鸟儿在密叶中歌唱。
芒果树在村径上撒着繁花,蜜蜂一只一只地嗡嗡飞来。
池塘边湿婆天的庙门开了,朝拜者开始诵经。
你把罐儿放在膝上挤着牛奶。
我提着空桶站立着。

我没有走近你。
天空和庙里的锣声一同醒起。
街尘在驱起的牛蹄下飞扬。
把汩汩发响的水瓶搂在腰上,女人们从河边走来。
你的钏镯丁当,乳沫溢出罐沿。
晨光渐逝而我没有走近你。

14

我在路边行走,也不知道为什么,
时已过午,竹枝在风中簌簌作响。
横斜的影子伸臂拖住流光的双足。
布谷鸟都唱倦了。
我在路边行走,也不知道为什么。

低垂的树阴盖住水边的茅屋。
有人正忙着工作,她的钏镯在一角放出乐音。
我在茅屋前面站着,我不知道为什么。

曲径穿过一片芥菜田地和几层芒果树林。
它经过村庙和渡头的市集。
我在这茅屋前面停住了,我不知道为什么。

好几年前,三月风吹的一天,春天倦慵地低语,芒果花落在地上。
浪花跳起掠过立在渡头阶沿上的铜瓶。
我想着三月风吹的这一天,我不知道为什么。

阴影更深,牛群归栏。
冷落的牧场上日色苍白,村人在河边待渡。
我缓步回去,我不知道为什么。

15

我像麝鹿一样在林阴中奔走,为着自己的香气而发狂。
夜晚是五月正中的夜晚,清风是南国的清风。
我迷了路,我游荡着,我寻求那得不到的东西,我得到我所没有寻求的东西。

我自己的愿望的形象从我心中走出跳起舞来。
这闪光的形象飞掠过去。
我想把它紧紧捉住,它躲开了又引着我飞走下去。
我寻求那得不到的东西,我得到我所没有寻求的东西。

16

手握着手,眼恋着眼:这样开始了我们的心的记录。
这是三月的月明之夜;空气里有凤仙花的芬芳;我的横笛抛在地上,你的花串也没有编成。
你我之间的爱像歌曲一样地单纯。

你橙黄色的面纱使我眼睛陶醉。
你给我编的茉莉花环使我心震颤,像是受了赞扬。

这是一个又予又留，又隐又现的游戏；有些微笑有些娇羞，也有些甜柔的无用的抵拦。

你我之间的爱像歌曲一样地单纯。

没有现在以外的神秘；不强求那做不到的事情；没有魅惑后面的阴影；没有黑暗深处的探索。

你我之间的爱像歌曲一样地单纯。

我们没有走出一切语言之外进入永远的沉默；我们没有向空举手寻求希望以外的东西。

我们付与，我们取得，这就够了。

我们没有把喜乐压成微尘来榨取痛苦之酒。

你我之间的爱像歌曲一样地单纯。

17

黄鸟在自己的树上歌唱，使我的心喜舞。

我们两人住在一个村子里，这是我们的一份快乐。

她心爱的一对小羊，到我园树的阴下吃草。

它们若走进我的麦地，我就把它们抱在臂里。

我们村子名叫康遮那，人们管我们的小河叫安遮那。

我的名字村人都知道，她的名字是软遮那。

我们中间只隔着一块田地。

在我们树里做窝的蜜蜂，飞到他们林中去采蜜。

从他们渡头阶上流来的落花，飘到我们洗澡的池塘里。

一筐一筐的红花干从他们地里送到我们的市集上。

我们村子名叫康遮那，人们管我们的小河叫安遮那。

我的名字村人都知道，她的名字是软遮那。

到她家去的那条曲巷,春天充满了芒果的花香。
他们亚麻子收成的时候,我们地里的苎麻正在开放。
在他们房上微笑的星辰,送给我们以同样的闪亮。
在他们水槽里满溢的雨水,也使我们的迦昙树林喜乐。
我们村子名叫康遮那,人们管我们的小河叫安遮那。
我的名字村人都知道,她的名字是软遮那。

18

当这两个姊妹出去打水的时候,她们来到这地点,她们微笑了。
她们一定觉察到,每次她们出来打水的时候,那个站在树后的人儿。

姊妹俩相互耳语,当她们走到这地点的时候。
她们一定猜到了,每逢她们出来打水的时候,那个人站在树后的秘密。
她们的水瓶忽然倾倒,水倒出来了,当她们走到这地点的时候。
她们一定发觉,每逢她们出来打水的时候,那个站在树后的人的心正在跳着。

姊妹俩相互瞥了一眼又微笑了,当她们来到这地点的时候。
她们飞快的脚步里带着笑声,使这个每逢她们出来打水的时候站在树后的人儿心魂缭乱了。

19

你腰间搂着灌满的水瓶,在河边路上行走。
你为什么急遽地回头,从飘扬的面纱里偷偷地看我?
这个从黑暗中向我送来的闪视,像凉风在粼粼的微波上掠过,一阵震颤直到荫蔽的岸边。

它向我飞来,像夜中的小鸟急遽地穿过无灯的屋子的两边洞开的窗户,又在黑夜中消失了。

你像一颗隐在山后的星星,我是路上的行人。

但是你为什么站了一会,从面纱中瞥视我的脸,当你腰间搂着灌满的水瓶在河边路上行走的时候?

20

他天天地来了又走了。

去吧,把我头上的花朵送去给他吧,我的朋友。

假如他问赠花的人是谁,我请你不要把我的名字告诉他——因为他来了又要走的。

他坐在树下的地上。

用繁花密叶给他敷设一个座位吧,我的朋友。

他的眼神是忧郁的,它把忧郁带到我的心中。

他没有说出他的心事;他只是来了又走了。

21

他为什么特地来到我的门前,这年轻的游子,当天色黎明的时候?

每次我进出经过他的身旁,我的眼睛总被他的面庞所吸引。

我不知道我是应该同他说话还是保持沉默。他为什么特地到我门前来呢?

七月的阴夜是沉黑的;秋日的天空是浅蓝的;南风把春天吹得骀荡不宁。

他每次用新调编着新歌。

我放下活计眼里充满雾水。他为什么特地到我门前来呢?

22

当她用急步走过我的身旁,她的裙缘触到了我。

从一颗心的无名小岛上忽然吹来一阵春天的温馨。

一霎飞触的缭乱扫拂过我,立刻又消失了,像扯落的花瓣在和风中飘扬。

它落在我的心上,像她身躯的叹息和她的心灵的低语。

23

你为什么悠闲地坐在那里,把镯子玩得丁当作响呢?

把你的水瓶灌满了吧。是你应当回家的时候了。

你为什么悠闲地拨弄着水玩,偷偷地瞥视路上的行人呢?

灌满你的水瓶回家去吧。

早晨的时间过去了——沉黑的水不住地流逝。

波浪相互低语嬉笑闲玩着。

流荡的云片聚集在远野高地的天边。

它们流连着悠闲地看着你的脸微笑着。

灌满你的水瓶回家去吧。

24

不要把你心的秘密藏起,我的朋友!

对我说吧,秘密地对我一个人说吧。

你这个笑得这样温柔,说得这样轻软的人,我的心将听着你的言语,不是我的耳朵。

夜深沉,庭宁静,鸟巢也被睡眠笼罩着。

从踌躇的眼泪里,从沉吟的微笑里,从甜柔的羞怯和痛苦里,把你心的秘密告诉我吧!

25

"到我们这里来吧,青年人,老实告诉我们,为什么你眼里带着疯癫?"

"我不知道我喝了什么野罂粟花酒,使我的眼里带着疯癫。"

"呵,多难为情!"

"好吧,有的人聪明有的人愚拙,有的人细心有的人马虎。有的眼睛会笑,有的眼睛会哭——我的眼睛是带着疯癫的。"

"青年人,你为什么这样凝立在树影下呢?"

"我的脚被我沉重的心压得疲倦了,我就在树影下凝立着。"

"呵,多难为情!"

"好吧,有人一直行进,有人到处流连,有的人是自由的,有的人是锁住的——我的脚被我沉重的心压得疲倦了。"

26

"从你慷慨的手里所赋与的我都接受。我别无所求。"

"是了,是了,我懂得你,谦卑的乞丐,你是乞求一个人的一切所有。"

"若是你给我一朵残花,我也要把它戴在心上。"

"若是那花上有刺呢?"

"我就忍受着。"

"是了,是了,我懂得你,谦卑的乞丐,你是乞求一个人的一切所有。"

"如果你只在我脸上抬起一次爱怜的眼光,就会使我的生命直到死后还是甜蜜的。"

"假如那只是残酷的眼色呢?"

"我要让它永远刺穿我的心。"

"是了,是了,我懂得你,谦卑的乞丐,你是乞求一个人的一切所有。"

27

"即使爱只给你带来了哀愁,也信任它。不要把你的心关起。"

"呵,不,我的朋友,你的话语太隐晦了,我不懂得。"

"心是应该和一滴眼泪,一首诗歌一起送给人的,我爱。"

"呵,不,我的朋友,你的话语太隐晦了,我不懂得。"

"喜乐像露珠一样的脆弱,它在欢笑中死去。哀愁却是坚强而耐久。让含愁的爱在你眼中醒起吧。"

"呵,不,我的朋友,你的话语太隐晦了,我不懂得。"

"荷花在日中开放,丢掉了自己的一切所有。在永生的冬雾里,它将不再含苞。"

"呵,不,我的朋友,你的话语太隐晦了,我不懂得。"

28

你的疑问的眼光是含愁的。它要追探了解我的意思,好像月亮探测大海。

我已经把我生命的终始,全部暴露在你的眼前,没有任何隐秘和保留。因此你不认识我。

假如它是一块宝石,我就能把它碎成千百颗粒,穿成项链挂在你的颈上。

假如它是一朵花,圆圆小小香香的,我就能从枝上采来戴在你的发上。

但是它是一颗心,我的爱人。何处是它的边和底?

你不知道这个王国的边极,但你仍是这王国的女王。

假如它是片刻的欢娱,它将在喜笑中开花,你立刻就会看到懂得了。

假如它是一阵痛苦,它将融化成晶莹的眼泪,不着一字地反映出它最深的秘密。

但是它是爱,我的爱人。

它的欢乐和痛苦是无边的,它的需求和财富是无尽的。

它和你亲近得像你的生命一样,但是你永远不能完全了解它。

29

对我说话吧,我爱!用言语告诉我你唱的是什么。

夜是深黑的,星星消失在云里,风在叶丛中叹息。

我将披散我的头发,我的青蓝的披风将像黑夜一样地紧裹着我。我将把你的头紧抱在胸前;在甜柔的寂寞中在你心头低诉。我将闭目静听。我不会看望你的脸。

等到你的话说完了,我们将沉默凝坐。只有丛树在黑暗中微语。

夜将发白。天光将晓。我们将望望彼此的眼睛,然后各走各的路。

对我说话吧,我爱!用言语告诉我你唱的是什么。

30

你是一朵夜云在我梦幻中的天空中浮泛。

我永远用爱恋的渴想来描画你。

你是我一个人的,我一个人的,我无尽的梦幻中的居住者!

你的双脚被我心切望的热光染得绯红,我的落日之歌的搜集者!
我的痛苦之酒使你唇儿苦甜。
你是我一个人的,我一个人的,我寂寥的梦幻中的居住者!

我用热情的浓影染黑了你的眼睛,我的凝视深处的祟魂!
我捉住了你缠住了你,我爱,在我音乐的罗网里。
你是我一个人的,我一个人的,我永生的梦幻中的居住者!

31

我的心,这只野鸟,在你的双眼中找到了天空。
它们是清晓的摇篮,它们是星辰的王国。
我的诗歌在它们的深处消失。
只让我在这天空中高飞,翱翔在静寂的无限空间里。
只让我冲破它的云层,在它的阳光中展翅吧。

32

告诉我,这一切是否都是真的,我的情人,告诉我,这是否真的。
当这一对眼睛闪出电光,你胸中的浓云发出风暴的回答。
我的唇儿,是真像觉醒的初恋的蓓蕾那样香甜么?
消失了的五月的回忆仍旧流连在我的肢体上么?
那大地,像一张琴,真因着我双足的踏触而颤成诗歌么?
那么当我来时,从夜的眼睛里真的落下露珠,晨光也真因为围绕我的身躯而感到喜悦么?
是真的么,是真的么,你的爱贯穿许多时代许多世界来寻找我么?
当你最后找到了我,你天长地久的渴望,在我的温柔的话里,在我的眼睛嘴唇和飘扬的头发里,找到了完全的宁静么?
那么"无限"的神秘是真的写在我小小的额上么?
告诉我,我的情人,这一切是否都是真的。

33

我爱你,我的爱人。请饶恕我的爱。
像一只迷路的鸟,我被捉住了。
当我的心抖颤的时候,它丢了围纱变成赤裸。用怜悯遮住它吧。爱人,请饶恕我的爱。

如果你不能爱我,爱人,请饶恕我的痛苦。
不要远远地斜视我。
我将偷偷地回到我的角落里去,在黑暗中坐地。
我将用双手掩起我赤裸的羞惭。
回过脸去吧,我的爱人,请饶恕我的痛苦。

如果你爱我,爱人,请饶恕我的欢乐。
当我的心被快乐的洪水卷走的时候,不要笑我的汹涌的退却。
当我坐在宝座上用我暴虐的爱来统治你的时候,当我像女神一样向你施恩的时候,饶恕我的骄傲吧,爱人,也饶恕我的欢乐。

34

不要不辞而别,我爱。
我看望了一夜,现在我眼上睡意重重。
只恐我在睡中把你丢失了。
不要不辞而别,我爱。

我惊起伸出双手去摸触你,我问自己说,"这是一个梦么?"
但愿我能用我的心系住你的双足紧抱在胸前!
不要不辞而别,我爱。

35

只恐我太容易地认得你,你对我耍花招。
你用欢笑的闪光使我目盲来掩盖你的眼泪。
我知道,我知道你的妙计,
你从来不说出你所要说的话。

只恐我不珍爱你,你千方百计地闪避我。
只恐我把你和大家混在一起,你独自站在一边。
我知道,我知道你的妙计,
你从来不走你所要走的路。

你的要求比别人都多,因此你才静默。
你用嬉笑的无心来回避我的赠与。
我知道,我知道你的妙计,
你从来不肯接受你想接受的东西。

36

他低声说,"我爱,抬起眼睛吧。"
我严厉地责骂他,说,"走!"但是他不动。
他站在我面前拉住我的双手。我说,"躲开我!"但是他没有走。

他把脸靠近我的耳边。我瞪他一眼说,"不要脸!"但是他没有动。
他的嘴唇触到我的腮颊。我震颤了说,"你太大胆了!"但是他不怕丑。

他把一朵花插在我发上。我说,"这也没有用处!"但是他站着不动。

他取下我颈上的花环就走开了。我哭了,问我的心说,"他为什么不回来呢?"

37

"你愿意把你的鲜花的花环挂在我的颈上么,佳人?"
"但是你要晓得,我编的那个花环,是为大家的,为那些偶然瞥见的人,住在未开发的大地上的人,住在诗人歌曲里的人。"

现在来请求我的心作为答赠已经太晚了。
曾有一个时候我的生命像一朵蓓蕾,它所有的芬芳都储藏在花心里。
现在它已远远地喷溢四散。
谁晓得有什么魅力,可以把它们收集关闭起来呢?
我的心不容我只给一个人,它是要给予许多人的。

38

我爱,从前有一天,你的诗人把一首伟大史诗投进他心里。
呵,我不小心,它打到你的丁当的脚镯上而引起悲愁。
它裂成诗歌的碎片散撒在你的脚边。
我满载的一切古代战争的货物,都被笑浪所颠簸,被眼泪浸透而下沉。
你必须使这损失成为我的收获,我爱。
如果我的死后不朽的荣名的要求都破灭了,在我生前使我不朽吧。
我将不为这损失伤心,也不责怪你。

39

整个早晨我想编一个花环,但是花儿滑掉了。

你坐在一旁偷偷地从侦伺的眼角看着我。
问这一对沉黑的恶作剧的眼睛,这是谁的错。

我想唱一支歌,但是唱不出来。
一个暗笑在你唇上颤动;你问它我失败的缘由。
让你微笑的唇儿发一个誓,说我的歌声怎样地消失在沉默里,像一只在荷花里沉醉的蜜蜂。
夜晚了,是花瓣合起的时候了。
容许我坐在你的旁边,容许我的唇儿做那在沉默中、在星辰的微光中能做的工作吧。

40

一个怀疑的微笑在你眼中闪烁,当我来向你告别的时候。
我这样做的次数太多了,你想我很快又会回来。
告诉你实话,我自己心里也有同样的怀疑。
因为春天年年回来;满月道过别又来访问,花儿每年回来在枝上红晕着脸,很可能我向你告别只为的要再回到你的身边。
但是把这幻象保留一会吧,不要冷酷粗率地把它赶走。
当我说我要永远离开你的时候,就当做真话来接受它,让泪雾暂时加深你眼边的黑影。
当我再来的时候,随便你怎样地狡笑吧。

41

我想对你说出我要说的最深的话语,我不敢,我怕你哂笑。
因此我嘲笑自己,把我的秘密在玩笑中打碎。
我把我的痛苦说得轻松,因为怕你会这样做。

我想对你说出我要说的最真的话语,我不敢,我怕你不信。

因此我弄真成假,说出和我的真心相反的话。
我把我的痛苦说得可笑,因为我怕你会这样做。

我想用最宝贵的名词来形容你,我不敢,我怕得不到相当的酬报。
因此我给你安上苛刻的名字,而夸示我的硬骨。
我伤害你,因为怕你永远不知道我的痛苦。

我渴望静默地坐在你的身旁,我不敢,怕我的心会跳到我的唇上。
因此我轻松地说东道西,把我的心藏在语言的后面。
我粗暴地对待我的痛苦,因为我怕你会这样做。

我渴望从你身边走开,我不敢,怕你看出我的懦怯。
因此我随随便便地昂首走到你的面前。
从你眼里频频掷来的刺激,使我的痛苦永远新鲜。

42

呵,疯狂的,头号的醉汉;
如果你踢开门户在大众面前装疯;
如果你在一夜倒空囊橐,对慎重轻蔑地弹着指头;
如果你走着奇怪的道路,和无益的东西游戏;
不理会韵律和理性;
如果你在风暴前扯起船帆,你把船舵折成两半,
那么我就要跟随你,伙伴,喝得烂醉走向堕落灭亡。

我在稳重聪明的街坊中间虚度了日日夜夜。
过多的知识使我白了头发,过多的观察使我眼力模糊。
多年来我积攒了许多零碎的东西;
把这些东西摔碎,在上面跳舞,把它们散掷到风中去吧。
因为我知道喝得烂醉而堕落灭亡,是最高的智慧。

让一切歪曲的顾虑消亡吧,让我无望地迷失了路途。
让一阵旋风吹来,把我连船锚一齐卷走。
世界上住着高尚的人,劳动的人,有用又聪明。
有的人很从容地走在前头,有的人庄重地走在后面。
让他们快乐繁荣吧,让我傻呆地无用吧。
因为我知道喝得烂醉而堕落灭亡,是一切工作的结局。

我此刻誓将一切的要求,让给正人君子。
我抛弃我学识的自豪和是非的判断。
我打碎记忆的瓶壶,挥洒最后的眼泪。
以红果酒的泡沫来洗澡,使我欢笑发出光辉。
我暂且撕裂温恭和认真的标志。
我将发誓做一个无用的人,喝得烂醉而堕落灭亡下去。

43

不,我的朋友,我永不会做一个苦行者,随便你怎么说。
我将永不做一个苦行者,假如她不和我一同受戒。
这是我坚定的决心,如果我找不到一个阴凉的住处和一个忏悔的伴侣,我将永不会变成一个苦行者。

不,我的朋友,我将永不离开我的炉火与家庭,去退隐到深林里面,
如果在林阴中没有欢笑的回响;如果没有郁金香色的衣裙在风中飘扬;
如果它的幽静不因有轻柔的微语而加深,
我将永不会做一个苦行者。

44

尊敬的长者,饶恕这一对罪人吧。

今天春风猖狂地吹起旋舞,把尘土和枯叶都扫走了,你的功课也随着一起丢掉了。

师父,不要说生命是虚空的。

因为我们和死亡订下一次和约,在一段温馨的时间中,我俩变成不朽。

即使是国王的军队凶猛地前来追捕,我们将忧愁地摇头说,弟兄们,你们搅扰了我们了。如果你们必须做这个吵闹的游戏,到别处去敲击你们的武器吧。因为我们刚在这片刻飞逝的时光中变成不朽。

如果亲切的人们来把我们围起,我们将恭敬地向他们鞠躬说,这个荣幸使我们惭愧。在我们居住的无限天空之中,没有多少隙地。因为在春天繁花盛开,蜜蜂的忙碌的翅翼也彼此摩挤。只住着我们两个仙人的小天堂,是狭小得太可笑了。

45

对那些定要离开的客人们,求神帮他们快走,并且扫掉他们所有的足迹。

把舒服的单纯的亲近的,微笑着一起抱在你的怀里。

今天是幻影的节日,他们不知道自己的死期。

让你的笑声只作为无意义的欢乐,像浪花上的闪光。

让你的生命像露珠的叶尖一样,在时间的边缘上轻轻跳舞。

在你的琴弦上弹出无定的暂时的音调吧。

46

你离开我自己走了。

我想我将为你忧伤,还将用金色的诗歌铸成你孤寂的形象,供养在我的心里。

但是,我的运气多坏,时间是短促的。

青春一年一年地消逝;春日是暂时的;柔弱的花朵无意义地凋谢,聪明人警告我说,生命只是一颗荷叶上的露珠。

我可以不管这些,只凝望着背弃我的那个人么?

这会是无益的,愚蠢的,因为时间是太短暂了。

那么,来吧,我的雨夜的脚步声;微笑吧,我的金色的秋天;来吧,无虑无忧的四月,散掷着你的亲吻。

你来吧,还有你,也有你!

我的情人们,你知道我们都是凡人。为一个取回她的心的人而心碎,是件聪明的事情么?因为时间是短暂的。

坐在屋角凝思,把我的世界中的你们都写在韵律里,是甜柔的。

把自己的忧伤抱紧,决不受人安慰是英勇的。

但是一个新的面庞,在我门外偷窥,抬起眼来看我的眼睛。

我只能拭去眼泪,更改我歌曲的腔调。

因为时间是短暂的。

47

如果你要这样,我就停了歌唱。

如果它使你心震颤,我就把眼光从你脸上挪开。

如果使你在行走时忽然惊跃,我就躲开另走别路。

如果在你编串花环时,使你烦乱,我就避开你寂寞的花园。

如果我使水花飞溅，我就不在你的河边划船。

48

把我从你甜柔的枷束中放出来吧，我爱，不要再斟上亲吻的酒。
香烟的浓雾窒塞了我的心。
开起门来，让晨光进入吧！
我消失在你里面，包缠在你爱抚的折痕之中。
把我从你的诱惑中放出来吧，把男子气概交还我，好让我把得到自由的心贡献给你。

49

我握住她的手把她抱紧在胸前。
我想以她的爱娇来填满我的怀抱，用亲吻来偷劫她的甜笑，用我的眼睛来吸饮她的深黑的一瞥。
呵，但是，它在哪里呢？谁能从天空滤出蔚蓝呢？
我想去把握美；它躲开我，只有躯体留在我的手里。
失望而困乏地我回来了。
躯体哪能触到那只有精神才能触到的花朵呢？

50

爱，我的心日夜想望和你相见——那像吞灭一切的死亡一样的会见。
像一阵风暴把我卷走；把我的一切都拿去；劈开我的睡眠抢走我的梦。剥夺了我的世界。
在这毁灭里，在精神的全部赤露里，让我们在美中合一吧。
我的空想是可怜的！除了在你里面，哪有这合一的希望呢，我的神？

51

那么唱完最后一支歌就让我们走吧。
当这夜过完就把这夜忘掉。
我想把谁紧抱在臂里呢？梦是永不会被捉住的。
我渴望的双手把"空虚"紧压在我心上，压碎了我的胸膛。

52

灯为什么熄了呢？
我用斗篷遮住它怕它被风吹灭，因此灯熄了。
花为什么谢了呢？
我的热恋的爱把它紧压在我的心上，因此花谢了。

泉为什么干了呢？
我盖起一道堤把它拦起给我使用，因此泉干了。
琴弦为什么断了呢？
我强弹一个它力不能胜的音节，因此琴弦断了。

53

为什么盯着我使我羞愧呢？
我不是来求乞的。
只为要消磨时光，我才来站在你院边的篱外。
为什么盯着我使我羞愧呢？

我没有从你园里采走一朵玫瑰，没有摘下一颗果子。
我谦卑地在任何生客都可站立的路边棚下，找个荫蔽。
我没有采走一朵玫瑰。

是的,我的脚疲乏了,骤雨又落了下来。
风在摇曳的竹林中呼叫。
云阵像败退似的跑过天空。
我的脚疲乏了。

我不知道你怎样看待我,或是你在门口等什么人。
电闪昏眩了你看望的目光。
我怎能知道你会看到站在黑暗中的我呢?
我不知道你怎样看待我。

白日过尽,雨势暂停。
我离开你园畔的树阴和草地上的座位。
日光已暗;关上你的门户吧;我走我的路。
白日过尽了。

54

市集已过,你在夜晚急急地提着篮子要到哪里去呢?
他们都挑着担子回家去了;月亮从树隙中下窥。
唤船的回声从深黑的水上传到远处野鸭睡眠的沼泽。
在市集已过的时候,你提着篮子急忙地要到哪里去呢?

睡眠把她的手指按在大地的双眼上。
鸦巢已静,竹叶的微语也已沉默。
劳动的人们从田间归来把席子展铺在院子里。
在市集已过的时候,你提着篮子急忙地要到哪里去呢?

55

正午的时候你走了。

烈日当空。

当你走的时候,我已经完了工作,坐在凉台上。

不定的风吹来,含带着许多远野的香气。

鸽子在树阴中不停地叫唤,一只蜜蜂在我屋里飞着,嗡出许多远野的消息。

村庄在午热中入睡了。路上无人。

树叶的声音时起时息。

我凝望天空,把一个我知道的人的名字织在蔚蓝里,当村庄在午热中入睡的时候。

我忘记把头发编起。困倦的风在我颊上和它嬉戏。

河水在浓阴岸下平静地流着。

懒散的白云动也不动。

我忘了编起我的头发。

正午的时候你走了。

路上尘土灼热,田野在喘息。

鸽子在密叶中呼唤。

我独坐在凉台上,当你走的时候。

56

我是妇女中为平庸的日常家务而忙碌的一个。

你为什么把我挑选出来,把我从日常生活的凉阴中带出来?

没有表现出来的爱是神圣的。它像宝石般在隐藏的心的朦胧里放光。在奇异的日光中,它显得可怜地晦暗。

呵,你打碎我心的盖子,把我颤栗的爱情拖到空旷的地方,把那阴暗的藏我心巢的一角,永远破坏了。

别的女人和从前一样。

没有一个人窥探到自己的最深处,她们不知道自己的秘密。

她们轻快地微笑,哭泣,谈话,工作。她们每天到庙里去,点上她们的灯,还到河中取水。

我希望能从无遮拦的颤羞中把我的爱情救出,但是你掉头不顾。

是的,你的前途是远大的,但是你把我的归路切断了,让我在世界的无睫毛的眼睛日夜瞪视之下赤裸着。

57

我采了你的花,呵,世界!
我把它压在胸前,花刺伤了我。
日光渐暗,我发现花儿凋谢了,痛苦却存留着。

许多有香有色的花又将来到你这里,呵,世界。
但是我采花的时代过去了,黑夜悠悠,我没有了玫瑰,只有痛苦存留着。

58

有一天早晨,一个盲女来献给我一串盖在荷叶下的花环。
我把它挂在颈上,泪水涌上我的眼睛。
我吻了她,说,"你和花朵一样的盲目。
"你自己不知道你的礼物是多么美丽。"

59

呵,女人,你不但是神的,而且是人的手工艺品;他们永远从心里用美来打扮你。

诗人们用比喻的金线替你织网,画家们给你的身形以永新的不朽。

海献上珍珠,矿献上金子,夏日的花园献上花朵来装扮你,覆盖你,使你更加美妙。

人类心中的愿望,在你的青春上洒上光荣。

你一半是女人一半是梦。

60

在生命奔腾怒吼的中流,呵,石头雕成的"美",你冷静无言,独自超绝地站立着。

"伟大的时间"依恋地坐在你脚边低语说:

"说话吧,对我说话吧,我爱,说话吧,我的新娘!"

但是你的话被石头关住了,呵,"不动的美"!

61

安静吧,我的心,让别离的时间甜柔吧。

让它不是个死亡而是圆满。

让爱恋融入记忆,痛苦融入诗歌吧。

让穿越天空的飞翔在巢上敛翼中终止。

让你双手的最后的接触,像夜中花朵一样的温柔。

站住一会吧,呵,"美丽的结局",用沉默说出最后的话语吧。

我向你鞠躬,举起我的灯来照亮你的归途。

62

在梦境的朦胧小路上,我去寻找我前生的爱。

她的房子是在冷静的街尾。
在晚风中,她爱养的孔雀在架上昏睡,鸽子在自己的角落里沉默着。

她把灯放在门边,站在我面前。
她抬起一双大眼望着我的脸,无言地问说,"你好么,我的朋友?"
我想回答,但是我们的语言迷失而又忘却了。

我想来想去;怎么也想不起我们叫什么名字。
眼泪在她眼中闪光,她向我伸出右手。我握住她的手静默地站着。

我们的灯在晚风中颤摇着熄灭了。

63

行路人,你必须走么?
夜是静寂的,黑暗在树林上昏睡。
我们的凉台上灯火辉煌,繁花鲜美,青春的眼睛还清醒着。
你离开的时间到了么?
行路人,你必须走么?

我们不曾用恳求的手臂来抱住你的双足。
你的门开着。你的立在门外的马,也已上了鞍鞯。
如果我们想拦住你的去路,也只是用我们的歌曲。
如果我们曾想挽留你,也只是用我们的眼睛。

行路人，我们没有希望留住你，我们只有眼泪。

在你眼里发光的是什么样的不灭之火？
在你血管中奔流的是什么样的不宁的热力？
从黑暗中有什么召唤在引动你？
你从天上的星星中，念到什么可怕的咒语，就是黑夜沉默而异样地走进你心中时带来的那个密封的秘密的消息？
如果你不喜欢那热闹的集会，如果你需要安静，困乏的心呵，我们就吹灭灯火，停止琴声。
我们将在风叶声中静坐在黑暗里，倦乏的月亮将在你窗上撒上苍白的光辉。
呵，行路人，是什么不眠的精灵从午夜的心中和你接触了呢？

64

我在大路灼热的尘土上消磨了一天。
现在，在晚凉中我敲着一座小庙的门。这庙已经荒废倒塌了。
一棵愁苦的菩提树，从破墙的裂缝里伸展出饥饿的爪根。

从前曾有过路人到这里来洗疲乏的脚。
他们在新月的微光中在院里摊开席子，坐着谈论异地的风光。
早起他们精神恢复了，鸟声使他们欢悦，友爱的花儿在道边向他们点首。

但是当我来的时候没有灯在等待我。
只有残留的灯烟熏污的黑迹，像盲人的眼睛，从墙上瞪视着我。
萤火虫在涸池边的草里闪烁，竹影在荒芜的小径上摇曳。
我在一天之末做了没有主人的客人。
在我面前的是漫漫的长夜，我疲倦了。

65

又是你呼唤我么?
夜来到了,困乏像爱的恳求用双臂围抱住我。
你叫我了么?

我已把整天的工夫给了你,残忍的主妇,你还定要掠夺我的夜晚么?
万事都有个终结,黑暗的静寂是个人独有的。
你的声音定要穿透黑暗来刺激我么?

难道你门前的夜晚,没有音乐和睡眠么?
难道那翅翼不响的星辰,从来不攀登你的不仁之塔的上空么?
难道你园中的花朵,永不在绵软的死亡中坠地么?

你定要叫我么,你这不安静的人?
那就让爱的愁眼,徒然地因着盼望而流泪。
让灯盏在空屋里点着。
让渡船载那些困乏的工人回家。
我把梦想丢下,来奔赴你的召唤。

66

一个流浪的疯子在寻找点金石,他褐黄的头发乱蓬蓬地蒙着尘土,身体瘦到像个影子,他双唇紧闭,就像他的紧闭的心门,他的烧红的眼睛就像萤火虫的亮光在寻找他的爱侣。

无边的海在他面前怒吼。
喧哗的波浪,在不停地谈论那隐藏的珠宝,嘲笑那不懂得它们的意思的愚人。

也许现在他不再有希望了,但是他不肯休息,因为寻求变成他的生命,——

就像海洋永远向天伸臂求得不可达到的东西——

就像星辰绕着圈走,却要寻找一个永不能到达的目标——

在那寂寞的海边,那头发垢乱的疯子,也仍旧徘徊着寻找点金石。

有一天,一个村童走上来问,"告诉我,你腰上的那条金链是从哪里来的呢?"

疯子吓了一跳——那条本来是铁的链子真的变成金的了;这不是一场梦,但是他不知道是什么时候变了的。

他狂乱地敲着自己的前额——什么时候,呵,什么时候在他不知不觉之中得到成功了呢?

拾起大石去碰碰那条链子,然后不看看变化与否,又把它扔掉,这已成了习惯;就是这样,这疯子找到了又失掉了那块点金石。

太阳沉西,天空灿金。

疯子沿着自己的脚印走回,去寻找他失去的珍宝,他气力尽消,身体弯曲,他的心像连根拔起的树一样,萎垂在尘土里了。

67

虽然夜晚缓步走来,让一切歌声停息;
虽然你的伙伴都去休息而你也倦乏了;
虽然恐怖在黑暗中弥漫,天空的脸也被面纱遮起;
但是,鸟儿,我的鸟儿,听我的话,不要垂翅吧。

这不是林中树叶的阴影,这是大海涨溢,像一条深黑的龙蛇。
这不是盛开的茉莉花的跳舞,这是闪光的水沫。
呵,何处是阳光下的绿岸,何处是你的窝巢?

鸟儿,呵,我的鸟儿,听我的话,不要垂翅吧。

长夜躺在你的路边,黎明在朦胧的山后睡眠。
星辰屏息地数着时间,柔弱的月儿在夜中浮泛。
鸟儿,呵,我的鸟儿,听我的话,不要垂翅吧。

对于你,这里没有希望,没有恐怖。
这里没有消息,没有低语,没有呼唤。
这里没有家,没有休息的床。
这里只有你自己的一双翅翼和无路的天空。
鸟儿,呵,我的鸟儿,听我的话,不要垂翅吧。

68

没有人永远活着,弟兄,没有东西能得以经久。把这紧记在心及时行乐吧。
我们的生命不是那个旧的负担,我们的道路不是那条长的旅程。
一个单独的诗人,不必去唱一支旧歌。
花儿萎谢;但是戴花的人不必永远悲伤。
弟兄,把这个紧记在心及时行乐吧。

必须有一段完全的停歇,好把"圆满"编进音乐。
生命向它的黄昏下落,为了沉浸于金影之中。
必须从游戏中把"爱"召回,去饮忧伤之酒,再去生于泪天。
弟兄,把这紧记在心及时行乐吧。

我们忙去采花,怕被过路的风偷走。
去夺取稍纵即逝的接吻,使我们血液奔流双目发光。
我们的生命是热切的,愿望是强烈的,因为时间在敲着离别之钟。
弟兄,把这紧记在心及时行乐吧。

我们没有时间去把握一件事物,揉碎它又把它丢在地上。

时间急速地走过。把梦幻藏在裙底。

我们的生命是短促的;只有几天恋爱的工夫。

若是为工作和劳役,生命就变得无尽的漫长。

弟兄,把这紧记在心及时行乐吧。

美对我们是甜柔的,因为她和我们生命的快速调子应节舞蹈。

知识对我们是宝贵的,因为我们永不会有时间去完成它。

一切都在永生的天上做完。但是大地的幻象的花朵,却被死亡保持得永远新鲜。

弟兄,把这紧记在心及时行乐吧。

69

我要追逐金鹿。

你也许会讪笑,我的朋友,但是我追求那逃避我的幻象。

我翻山越谷,我游遍许多无名的土地,因为我要追逐金鹿。

你到市场采买,满载着回家,但不知从何时何地一阵无家之风吹到我身上。

我心中无牵无挂;我把一切所有都撇在后面。

我翻山越谷,我游遍许多无名的土地——因为我在追逐金鹿。

70

我记得在童年时代,有一天我在水沟里漂一只纸船。

那是七月的一个阴湿的天,我独自快乐地嬉戏。

我在沟里漂一只纸船。

忽然间阴云密布,狂风怒号,大雨倾注。

浑水像小河般流溢,把我的船冲没了。

我心里难过地想,这风暴是故意来破坏我的快乐的;它的一切恶意都是对着我。

今天,七月的阴天是漫长的,我在默忆我生命中以我为失败者的一切游戏。

我抱怨命运,因为它屡次戏弄了我,当我忽然忆起我的沉在沟里的纸船的时候。

71

白日未尽,河岸上的市集未散。

我只恐我的时间浪掷了,我的最后一文钱也丢掉了。

但是,没有,我的弟兄,我还有些剩余。命运并没有把我的一切都骗走。

买卖做完了。

两边的手续费都收过了,该是我回家的时候了。

但是,看门的,你要你的辛苦钱么?

别怕,我还有点剩余。命运并没有把我的一切都骗走。

风声宣布着风暴的威胁,西方低垂的云影预报着恶兆。

静默的河水在等候着狂风。

我怕被黑夜赶上,急忙过河。

呵,船夫,你要收费!

是的,弟兄,我还有些剩余。命运并没有把我的一切都骗走。

路边树下坐着一个乞丐。可怜呵,他含着羞怯的希望看着我的脸!

他以为我富足地携带着一天的利润。

是的,弟兄,我还有点剩余。命运并没有把我的一切都骗走。

夜色愈深,路上静寂。萤火在草间闪烁。

谁以悄悄地蹑步在跟着我?

呵,我知道,你想掠夺我的一切获得。我必不使你失望!

因为我还有些剩余。命运并没有把我的一切都骗走。

夜半到家。我两手空空。

你带着切望的眼睛,在门前等我,无眠而静默。

像一只羞怯的鸟,你满怀热爱地飞到我胸前。

哎,哎,我的神,我还有许多剩余。命运并没有把我的一切都骗走。

72

用了几天的苦工,我盖起一座庙宇。这庙里没有门窗,墙壁是用层石厚厚地垒起的。

我忘掉一切,我躲避大千世界,我神注目夺地凝视着我安放在龛里的偶像。

里面永远是黑夜,以香油的灯盏来照明。

不断的香烟,把我的心缭绕在沉重的螺旋里。

我彻夜不眠,用扭曲混乱的线条在墙上刻画出一些奇异的图形——生翼的马,人面的花,四肢像蛇的女人。

我不在任何地方留下一线之路,使鸟的歌声,叶的细语,或村镇的喧嚣得以进入。

在沉黑的仰顶上,惟一的声音是我礼赞的回响。

我的心思变得强烈而镇定,像一个尖尖的火焰。我的感官在狂欢中昏晕。

我不知道时间如何度过,直到巨雷震劈了这座庙宇,一阵剧痛刺穿我的心。

灯火显得苍白而羞愧;墙上的刻画像是被锁住的梦,无意义地瞪视着,仿佛要躲藏起来。

我看着龛上的偶像。我看见它微笑了,和神的活生生的接触,它活了起来。被我囚禁的黑夜,展起翅来飞逝了。

73

无量的财富不是你的,我的耐心的微黑的尘土母亲。
你操劳着来填满你孩子们的嘴,但是粮食是很少的。
你给我们的欢乐礼物,永远不是完全的。
你给你孩子们做的玩具,是不牢的。
你不能满足我们的一切渴望,但是我能为此就背弃你么?
你的含着痛苦阴影的微笑,对我的眼睛是甜柔的。
你的永不满足的爱,对我的心是亲切的。
从你的胸乳里,你是以生命而不是以不朽来哺育我们,因此你的眼睛永远是警醒的。
累年积代地你用颜色和诗歌来工作,但是你的天堂还没有盖起,仅有天堂的愁苦的意味。
你的美的创造上蒙着泪雾。
我将把我的诗歌倾注入你无言的心里,把我的爱倾注入你的爱中。
我将用劳动来礼拜你。
我看见过你的温慈的面庞,我爱你的悲哀的尘土,大地母亲。

74

在世界的谒见堂里,一根朴素的草叶,和阳光与夜半的星辰,坐在同一条毡褥上。

我的诗歌,也这样地和云彩与森林的音乐,在世界的心中平分席次。

但是,你这富有的人,你的财富,在太阳的喜悦的金光和沉思的月亮的柔光,这种单纯的光彩里,却占不了一份。

包罗万象的天空的祝福,没有撒在它的上面。

等到死亡出现的时候,它就苍白枯萎,碎成尘土了。

75

夜半,那个自称的苦行人宣告说:

"弃家求神的时候到了。呵,谁把我牵住在妄想里这么久呢?"

神低声说,"是我,"但是这个人的耳朵是塞住的。

他的妻子和吃奶的孩子一同躺着,安静地睡在床的那边。

这个人说,"什么人把我骗了这么久呢?"

声音又说,"是神,"但是他听不见。

婴儿在梦中哭了,挨向他的母亲。

神命令说,"别走,傻子,不要离开你的家,"但是他还是听不见。

神叹息又委屈地说,"为什么我的仆人要把我丢下,而到处去找我呢?"

76

庙前的集会正在进行。从一早起就下雨,这一天快过尽了。

比一切群众的欢乐还光辉的,是一个花一文钱买到一个棕叶哨子的小女孩的光辉的微笑。

哨子和尖脆欢乐的音乐,在一切笑语喧哗之上飘浮。

无尽的人流来挤在一起,路上泥泞,河水在涨,在不停的雨下,田地都没在水里。

比一切群众的烦恼更深的,是一个小男孩的烦恼——他连买那根带颜色的小棍的一文钱都没有。

他苦闷的眼睛望着那间小店,使得这整个人类的集会变成可悲悯的。

77

西乡来的工人和他的妻子正忙着替砖窑挖土。

他们的小女儿到河边的渡头上;她无休无歇地擦洗锅盘。

她的小弟弟,光着头,赤裸着黧黑的涂满泥土的身躯,跟着她,听她的话在高高的河岸上耐心地等着她。

她顶着满瓶的水平稳地走回家去,左手提着发亮的铜壶,右手拉着那个孩子——她是她妈的小丫头,繁重的家务使她变得严肃了。

有一天我看见那赤裸的孩子伸着腿坐着。

他姐姐坐在水里,用一把土在转来转去地擦洗一把水壶。

一只毛茸茸的小羊,在河岸上吃草。

它走近这孩子身边,忽然大叫了一声,孩子吓得哭喊起来。

他姐姐放下水壶跑上岸来。

她一只手抱起弟弟,一只手抱起小羊,把她的爱抚分成两半,人类和动物的后代在慈爱的连结中合一了。

78

在五月天里。闷热的正午仿佛是无尽地悠长。干地在灼热中渴得张着口。

当我听到河边有个声音叫,"来吧,我的宝贝!"

我合上书开窗外视。

我看见一只皮毛上尽是泥土的大水牛,眼光沉着地站在河边;一个小伙子站在没膝的水里,在叫它来洗澡。

我高兴而微笑了,我心里感到一阵甜柔的接触。

79

我常常思索,人和动物之间没有语言,他们心中互相认识的界线在哪里。

在远古创世的清晨,通过哪一条太初乐园的单纯的小径,他们的心曾彼此访问过。

他们的亲属关系早被忘却,他们不变的足印的符号并没有消灭。

可是忽然在那无言的音乐中,那模糊的记忆清醒起来,动物用温柔的信任注视着人的脸,人也用嬉笑的感情下望着它的眼睛。

好像两个朋友戴着面具相逢,在伪装下彼此模糊地互认着。

80

用一转的秋波,你能从诗人的琴弦上夺去一切诗歌的财富,美妙的女人!

但是你不愿听他们的赞扬,因此我来颂赞你。

你能使世界上最骄傲的头在你脚前俯伏。

但是你愿意崇拜的是你所爱的没有名望的人们,因此我崇拜你。

你的完美的双臂的接触,能在帝王的荣光上加上光荣。

但你却用你的手臂去扫除尘土,使你微贱的家庭整洁,因此我心中充满了钦敬。

81

你为什么这样低声地对我耳语,呵,"死亡",我的"死亡"?

当花儿晚谢,牛儿归棚,你偷偷地走到我身边,说出我不了解的话语。

难道你必须用昏沉的微语和冰冷的接吻,来向我求爱来赢得我心么,呵,"死亡",我的"死亡"?

我们的婚礼不会有铺张的仪式么?

在你褐黄的鬈发上不系上花串么?

在你前面没有举旗的人么,你也没有通红的火炬,使黑夜像着火一样地明亮么,呵,"死亡",我的"死亡"?

你吹着法螺来吧,在无眠之夜来吧。
给我穿上红衣,紧握我的手把我娶走吧。
让你的驾着急躁嘶叫的马的车辇,准备好等在我门前吧。
揭开我的面纱骄傲地看我的脸吧,呵,"死亡",我的"死亡"。

82

我们今夜要做"死亡"的游戏,我的新娘和我。
夜是深黑的,空中的云霾是翻腾的,波涛在海里咆哮。
我们离开梦的床榻,推门出去,我的新娘和我。
我们坐在秋千上,狂风从后面猛烈地推送我们。
我的新娘吓得又惊又喜,她颤抖着紧靠在我的胸前。
许多日子我温存地服侍她。
我替她铺一个花床,我关上门不让强烈的光射在她眼上。
我轻轻地吻她的嘴唇,软软地在她耳边低语,直到她困倦得半入昏睡。
她消失在模糊的无边甜柔的云雾之中。
我摩抚她,她没有反应;我的歌唱也不能把她唤醒。
今夜,风暴的召唤从旷野来到。
我的新娘颤抖着站起,她牵着我的手走了出来。
她的头发在风中飞扬,她的面纱飘动,她的花环在胸前习习作响。
死亡的推送把她摇晃活了。
我们面面相看,心心相印,我的新娘和我。

83

她住在玉米地边的山畔,靠近那股嬉笑着流经古树的庄严的阴影的清泉。女人们提罐到这里来装水,过客们在这里谈话休息。她每天随着潺潺的泉韵工作幻想。

有一天,一个陌生人从云中的山上下来;他的头发像醉蛇一样地纷乱。我们惊奇地问,"你是谁?"他不回答,只坐在喧闹的水边沉默地望着她的茅屋。我们吓得心跳,到了夜里我们都回家去了。

第二天早晨,女人们到杉树下的泉边取水,她们发现她茅屋的门开着,但是,她的声音没有了,她的微笑的脸哪里去了呢?空罐立在地上,她屋角的灯,油尽火灭了。没有人晓得在黎明以前,她跑到哪里去了——那个陌生人也不见了。

到了五月,阳光渐强,冰雪化尽,我们坐在泉边哭泣。我们心里想,"她去的地方有泉水么,在这炎热焦渴的天气中,她能到哪里去取水呢?"我们惶恐地对问,"在我们住的山外还有地方么?"

夏天的夜里,微风从南方吹来;我坐在她的空屋里,没有点上的灯仍在那里立着。忽然间那座山峰,像帘幕拉开一样从我眼前消失了。"呵,那是她来了。你好么,我的孩子?你快乐么?在无遮的天空下,你有个荫凉的地方么?可怜呵,我们的泉水不在这里供你解渴。"

"那边还是那个天空,"她说,"只是不受屏山的遮隔,——也还是那股流泉长成江河,——也还是那片土地伸广变成平原。""一切都有了,"我叹息说,"只有我们不在。"她含愁地笑说,"你们是在我的心里。"我醒起听见泉流潺潺,杉树的叶子在夜中沙沙地响着。

84

黄绿的稻田上掠过秋云的阴影,后面是狂追的太阳。
蜜蜂被光明所陶醉;忘了吸蜜只痴呆地飞翔嗡唱。
河里岛上的鸭群,无缘无故地欢乐地吵闹。
我们都不回家吧,弟兄们,今天早晨我们都不去工作。
让我们以狂风暴雨之势占领青天,让我们飞奔着抢夺空间吧。
笑声飘浮在空气上,像洪水上的泡沫。
弟兄们,让我们把清晨浪费在无用的歌曲上面吧。

85

你是什么人,读者,百年后读着我的诗?

我不能从春天的财富里送你一朵花,从天边的云彩里送你一片金影。

开起门来四望吧。

从你的群花盛开的园子里,采取百年前消逝了的花儿的芬芳记忆。

在你心的欢乐里,愿你感到一个春晨吟唱的活的欢乐,把它快乐的声音,传过一百年的时间。

谢冰心 译

新 月 集
(1913)

译 序 一

我对于泰戈尔诗最初发生浓厚的兴趣,是在第一次读《新月集》的时候。那时离现在将近五年;许地山君坐在我家的客厅里,长发垂到两肩,在黄昏的微光中对我谈到泰戈尔的事。他说,他在缅甸时,看到泰戈尔的画像,又听人讲到他,便买了他的诗集来读。过了几天,我到许地山君的宿舍里去。他说,"我拿一本泰戈尔的诗选送给你。"他便到书架上去找那本诗集。我立在窗前,四围静悄悄的,只有水池中喷泉的潺潺的声音。我很寂静地在等候读那美丽的书。他不久便从书架上取下很小的一本绿纸面的书来,他说,"这是一个日本人选的泰戈尔诗,你先拿去看看。泰戈尔不多几时前曾到过日本。"我坐了车回家,在归途中,借着新月与市灯的微光,约略地把它翻看了一遍。最使我喜欢的是它当中所选的几首《新月集》的诗。那一夜,在灯下又看了一次。第二天,地山见我时,问道:"你最喜欢哪几首?"我说,"《新月集》的几首。"他隔了几天,又拿了一本很美丽的书给我,他说,"这就是《新月集》。"从那时后,《新月集》便常在我的书桌上;直到现在,我还时时把它翻开来读。

我译《新月集》也是受地山君的鼓励。有一天,他把他所译的《吉檀迦利》的几首诗给我看,都是用古文译的。我说,"译得很好,但似乎太古奥了。"他说,"这一类的诗,应该用古奥的文体译。至于《新月集》,却又须用新妍流畅的文字译。我想译《吉檀迦利》,你为何不译《新月集》呢?"于是我与他约,我们同时动手译这两部书。此后二年中,他的《吉檀迦利》固未译成,我的《新月集》,也时译时辍。直至《小说月报》改革后,我才把自己所译的《新月集》在它上面发表了几首。地山译的《吉檀迦利》却始终没有再译下去,已译的几首,也始终不肯拿出来发表。许多朋友却时时地催我把这个工作做完,那时我正有选译泰戈尔诗的计划,便一方面把旧译稿整理一下,一方面又新译了八九首出来;结果便成了现在的这个译本。

我喜欢《新月集》,如我之喜欢安徒生的童话。安徒生的文字美丽而富有诗趣。他有一种不可测的魔力,能把我们带到美丽和平的花的世界,虫的世界,人鱼的世界里去;能使我们随了他走进有静的方池的绿水,有美的挂在黄昏的天空的雨后弧虹等等的天国里去。《新月集》也具有这种不可测的魔力。它把我们从怀疑、贪婪的罪恶的世界,带到秀嫩天真的儿童的新月之国里去。它能使我们重复回到坐在泥土里以枯枝断梗为戏的时代;它能使我们在心里重温着在海滨以贝壳为餐具,以落叶为舟,以绿草上的露点为圆珠的儿童的梦。总之,我们只要一翻开它来,便立刻如得到两只有魔术的翼翅,可以使自己飞翔到美静天真的儿童国里去。而这个儿童的天国便是作者的一个理想国。

我应该向许地山君表示谢意;他除了鼓励我以外,在这个译本写好时,还曾为我校读了一次。

郑振铎
1923 年 8 月 22 日

译 序 二

《新月集》译本出版后,曾承几位朋友批评,这是我要对他们表白十二分的谢意的。现在乘再版的机会,把第一版中所有错误,就所能觉察到的,改正一下。读者诸君及朋友们如果更有所发现,希望他们能够告诉我,俾得于第三版时再校正。

郑振铎
1924 年 3 月 20 日

译 序 三

  我在一九二三年的时候,曾把泰戈尔的《新月集》译为中文出版。但在那个译本里,并没有把这部诗集完全译出。这部诗集的英文本共有诗四十首,我只译出了三十一首。现在把我的译本重行校读了一下,重译并改正了不少地方,同时,并把没有译出的九首也补译了出来。这可算是《新月集》的一部比较完整的译本了。

  应该在这里谢谢孙家晋同志,他花了好几天的工夫,把我的译文仔细地校读了一遍,有好几个地方是采用了他的译法的。

郑振铎

1954 年 8 月 6 日

家　庭

　　我独自在横跨过田地的路上走着,夕阳像一个守财奴似的,正藏起它的最后的金子。

　　白昼更加深沉地没入黑暗之中,那已经收割了的孤寂的田地,默默地躺在那里。

　　天空里突然升起了一个男孩子的尖锐的歌声。他穿过看不见的黑暗,留下他的歌声的辙痕跨过黄昏的静谧。

　　他的乡村的家坐落在荒凉的土地的边上,在甘蔗田的后面,躲藏在香蕉树、瘦长的槟榔树、椰子树和深绿色的贾克果树的阴影里。

　　我在星光下独自走着的路上停留了一会,我看见黑沉沉的大地展开在我的面前,用她的手臂拥抱着无量数的家庭,在那些家庭里有着摇篮和床铺,母亲们的心和夜晚的灯,还有年轻轻的生命,他们满心欢乐,却浑然不知这样的欢乐对于世界的价值。

海 边

孩子们会集在无边无际的世界的海边。

无垠的天穹静止地临于头上,不息的海水在足下汹涌。孩子们会集在无边无际的世界的海边,叫着,跳着。

他们拿沙来建筑房屋,拿空贝壳来做游戏。他们把落叶编成了船,笑嘻嘻地把它们放到大海上。孩子们在世界的海边,做他们的游戏。

他们不知道怎样泅水,他们不知道怎样撒网。采珠的人为了珠潜水,商人在他们的船上航行,孩子们却只把小圆石聚了又散。他们不搜求宝藏;他们不知道怎样撒网。

大海哗笑着涌起波浪,而海滩的微笑荡漾着淡淡的光芒。致人死命的波涛,对着孩子们唱无意义的歌曲,就像一个母亲在摇动她孩子的摇篮时一样。大海和孩子们一同游戏,而海滩的微笑荡漾着淡淡的光芒。

孩子们会集在无边无际的世界的海边。狂风暴雨飘游在无辙迹的天空上,航船沉碎在无辙迹的海水里,死正在外面活动,孩子们却在游戏。在无边无际的世界的海边,孩子们大会集着。

来　源

　　流泛在孩子两眼的睡眠,——有谁知道它是从什么地方来的？是的,有个谣传,说它是住在萤火虫朦胧地照耀着林阴的仙村里,在那个地方,挂着两个迷人的羞怯的蓓蕾。它便是从那个地方来吻孩子的两眼的。

　　当孩子睡时,在他唇上浮动着的微笑——有谁知道它是从什么地方生出来的？是的,有个谣传,说新月的一线年轻的清光,触着将消未消的秋云边上,于是微笑便初生在一个浴在清露里的早晨的梦中了。——当孩子睡时,微笑便在他的唇上浮动着。

　　甜蜜柔嫩的新鲜生气,像花一般地在孩子的四肢上开放着——有谁知道它在什么地方藏得这样久？是的,当妈妈还是一个少女的时候,它已在爱的温柔而沉静的神秘中,潜伏在她的心里了。——甜蜜柔嫩的新鲜生气,像花一般地在孩子的四肢上开放着。

孩童之道

只要孩子愿意，他此刻便可飞上天去。

他所以不离开我们，并不是没有原故。

他爱把他的头倚在妈妈的胸间，他即使是一刻不见她，也是不行的。

孩子知道各式各样的聪明话，虽然世间的人很少懂得这些话的意义。

他所以永不想说，并不是没有原故。

他所要做的一件事，就是要学习从妈妈的嘴唇里说出来的话。那就是他所以看来这样天真的原故。

孩子有成堆的黄金与珠子，但他到这个世界上来，却像一个乞丐。

他所以这样假装了来，并不是没有原故。

这个可爱的小小的裸着身体的乞丐，所以假装着完全无助的样子，便是想要乞求妈妈的爱的财富。

孩子在纤小的新月的世界里，是一切束缚都没有的。

他所以放弃了他的自由，并不是没有原故。

他知道有无穷的快乐藏在妈妈的心的小小一隅里，被妈妈亲爱的手臂所拥抱，其甜美远胜过自由。

孩子永不知道如何哭泣。他所住的是完全的乐土。

他所以要流泪，并不是没有原故。

虽然他用了可爱的脸儿上的微笑，引逗得他妈妈的热切的心向着他,然而他的因为细故而发的小小的哭声,却编成了怜与爱的双重约束的带子。

不被注意的花饰

啊,谁给那件小外衫染上颜色的,我的孩子,谁使你的温软的肢体穿上那件红的小外衫的?
你在早晨就跑出来到天井里玩儿,你,跑着就像摇摇欲跌似的。
但是谁给那件小外衫染上颜色的,我的孩子?

什么事叫你大笑起来的,我的小小的命芽儿?
妈妈站在门边,微笑地望着你。
她拍着她的双手,她的手镯丁当地响着,你手里拿着你的竹竿儿在跳舞,活像一个小小的牧童儿。
但是什么事叫你大笑起来的,我的小小的命芽儿?

喔,乞丐,你双手攀搂住妈妈的头颈,要乞讨些什么?
喔,贪得无厌的心,要我把整个世界从天上摘下来,像摘一个果子似的,把它放在你的一双小小的玫瑰色的手掌上么?
喔,乞丐,你要乞讨些什么?
风高兴地带走了你踝铃的丁当。
太阳微笑着,望着你的打扮。
当你睡在你妈妈的臂弯里时,天空在上面望着你,而早晨蹑手蹑脚地走到你的床跟前,吻着你的双眼。
风高兴地带走了你踝铃的丁当。

仙乡里的梦婆飞过朦胧的天空,向你飞来。
在你妈妈的心头上,那世界母亲,正和你坐在一块儿。
他,向星星奏乐的人,正拿着他的横笛,站在你的窗边。
仙乡里的梦婆飞过朦胧的天空,向你飞来。

偷 睡 眠 者

谁从孩子的眼里把睡眠偷了去呢？我一定要知道。

妈妈把她的水罐挟在腰间，走到近村汲水去了。

这是正午的时候。孩子们游戏的时间已经过去了；池中的鸭子沉默无声。

牧童躺在榕树的阴下睡着了。

白鹤庄重而安静地立在檬果树边的泥泽里。

就在这个时候，偷睡眠者跑来从孩子的两眼里捉住睡眠，便飞去了。

当妈妈回来时，她看见孩子四肢着地地在屋里爬着。

谁从孩子的眼里把睡眠偷了去呢？我一定要知道。我一定要找到她，把她锁起来。

我一定要向那个黑洞里张望，在这个洞里，有一道小泉从圆的和有皱纹的石上滴下来。

我一定要到醉花①林中的沉寂的树影里搜寻，在这林中，鸽子在它们住的地方咕咕地叫着，仙女的脚环在繁星满天的静夜里丁当地响着。

我要在黄昏时，向静静的萧萧的竹林里窥望，在这林中，萤火虫闪闪地耗费它们的光明，只要遇见一个人，我便要问他，"谁能告诉我偷睡眠者住在什么地方？"

谁从孩子的眼里把睡眠偷了去呢？我一定要知道。

只要我能捉住她，怕不会给她一顿好教训！

---

① 醉花(bakula)，印度传说美女口中吐出香液此花始开。

我要闯入她的巢穴,看她把所有偷来的睡眠藏在什么地方。

我要把它都夺来,带回家去。

我要把她的双翼缚得紧紧的,把她放在河边,然后叫她拿一根芦苇在灯心草和睡莲间钓鱼为戏。

黄昏,街上已经收了市,村里的孩子们都坐在妈妈的膝上时,夜鸟便会讥笑地在她耳边说:

"你现在还想偷谁的睡眠呢?"

开　始

"我是从哪儿来的,你,在哪儿把我捡起来的?"孩子问他的妈妈说。

她把孩子紧紧地搂在胸前,半哭半笑地答道——

"你曾被我当做心愿藏在我的心里,我的宝贝。

"你曾存在于我孩童时代玩的泥娃娃身上;每天早晨我用泥土塑造我的神像,那时我反复地塑了又捏碎了的就是你。

"你曾和我们的家庭守护神一同受到祀奉,我崇拜家神时也就崇拜了你。

"你曾活在我所有的希望和爱情里,活在我的生命里,我母亲的生命里。

"在主宰着我们家庭的不死的精灵的膝上,你已经被抚育了好多年代了。

"当我做女孩子的时候,我的心的花瓣儿张开,你就像一股花香似的散发出来。

"你的软软的温柔,在我青春的肢体上开花了,像太阳出来之前的天空上的一片曙光。

"上天的第一宠儿,晨曦的孪生兄弟,你从世界的生命的溪流浮泛而下,终于停泊在我的心头。

"当我凝视你的脸蛋儿的时候,神秘之感淹没了我;你这属于一切人的,竟成了我的。

"为了怕失掉你,我把你紧紧地搂在胸前。是什么魔术把这世界的宝贝引到我这双纤小的手臂里来呢?"

孩子的世界

我愿我能在我孩子自己的世界的中心,占一角清净地。

我知道有星星同他说话,天空也在他面前垂下,用它傻傻的云朵和彩虹来娱悦他。

那些大家以为他是哑的人,那些看去像是永不会走动的人,都带了他们的故事,捧了满装着五颜六色的玩具的盘子,匍匐地来到他的窗前。

我愿我能在横过孩子心中的道路上游行,解脱了一切的束缚;

在那儿,使者奉了无所谓的使命奔走于无史的诸王的王国间;

在那儿,理智以她的法律造为纸鸢而飞放,真理也使事实从桎梏中自由了。

时候与原因

当我给你五颜六色的玩具的时候,我的孩子,我明白了为什么云上水上是这样的色彩缤纷,为什么花朵上染上绚烂的颜色的原因了——当我给你五颜六色的玩具的时候,我的孩子。

当我唱着使你跳舞的时候,我真的知道了为什么树叶儿响着音乐,为什么波浪把它们的合唱的声音送进静听着的大地的心头的原因了——当我唱着使你跳舞的时候。

当我把糖果送到你贪得无厌的双手上的时候,我知道了为什么在花萼里会有蜜,为什么水果里会秘密地充溢了甜汁的原因了——当我把糖果送到你贪得无厌的双手上的时候。

当我吻着你的脸蛋儿叫你微笑的时候,我的宝贝,我的确明白了在晨光里从天上流下来的是什么样的快乐,而夏天的微飔吹拂在我的身体上的又是什么样的爽快——当我吻着你的脸蛋儿叫你微笑的时候。

责 备

为什么你眼里有了眼泪,我的孩子?

他们真是可怕,常常无谓地责备你!

你写字时墨水玷污了你的手和脸——这就是他们所以骂你龌龊的原故么?

呵,呸!他们也敢因为圆圆的月儿用墨水涂了脸,便骂它龌龊么?

他们总要为了每一件小事去责备你,我的孩子。他们总是无谓地寻人错处。

你游戏时扯破了你的衣服——这就是他们所以说你不整洁的原故么?

呵,呸!秋之晨从它的破碎的云衣中露出微笑,那末,他们要叫它什么呢?

他们对你说什么话,尽管可以不去理睬他,我的孩子。

他们把你做错的事长长地记了一笔账。

谁都知道你是十分喜欢糖果的——这就是他们所以称你做贪婪的原故么?

呵,呸!我们是喜欢你的,那末,他们要叫我们干什么呢?

审 判 官

你想说他什么尽管说罢,但是我知道我孩子的短处。

我爱他并不因为他好,只是因为他是我的小小的孩子。

你如果把他的好处与坏处两两相权一下,恐怕你就会知道他是如何的可爱罢?

当我必须责罚他的时候,他更成为我的生命的一部分了。

当我使他眼泪流出时,我的心也和他同哭了。

只有我才有权去骂他,去责罚他,因为只有热爱人的才可以惩戒人。

玩　具

　　孩子,你真是快活呀,一早晨坐在泥土里,耍着折下来的小树枝儿。
　　我微笑地看你在那里耍着那根折下来的小树枝儿。
　　我正忙着算账,一小时一小时在那里加叠数字。
　　也许你在看我,想道,"这种好没趣的游戏,竟把你的一早晨的好时间浪费掉了!"
　　孩子,我忘了聚精会神玩耍树枝与泥饼的方法了。
　　我寻求贵重的玩具,收集金块与银块。
　　你呢,无论找到什么便去做你的快乐的游戏,我呢,却把我的时间与力气都浪费在那些我永不能得到的东西上。
　　我在我的脆薄的独木船里挣扎着要航过欲望之海,竟忘了我也是在那里做游戏了。

天 文 家

我不过说,"当傍晚圆圆的满月挂在迦昙波①的枝头时,有人能去捉住它么?"

哥哥却对我笑道,"孩子呀,你真是我所见到的顶顶傻的孩子。月亮离我们这样远,谁能去捉住它呢?"

我说,"哥哥,你真傻!当妈妈向窗外探望,微笑着往下看我们游戏时,你也能说她远么?"

哥哥还是说,"你这个傻孩子!但是,孩子,你到哪里去找一个大得能逮住月亮的网呢?"

我说,"你自然可以用双手去捉住它呀。"

但是哥哥还是笑着说,"你真是我所见到的顶顶傻的孩子!如果月亮走近了,你便知道它是多么大了。"

我说,"哥哥,你们学校里所教的,真是没有用呀!当妈妈低下脸儿跟我们亲嘴时,她的脸看来也是很大的么!"

但是哥哥还是说,"你真是一个傻孩子。"

---

① 迦昙波,原名 Kadam,亦作 Kadamba,意译"白花",即昙花。

云 与 波

妈妈,住在云端的人对我唤道——
"我们从醒的时候游戏到白日终止。
"我们与黄金色的曙光游戏,我们与银白色的月亮游戏。"
我问道,"但是,我怎么能够上你那里去呢?"
他们答道,"你到地球的边上来,举手向天,就可以被接到云端里来了。"
"我妈妈在家里等我呢,"我说,"我怎么能离开她而来呢?"
于是他们微笑着浮游而去。
但是我知道一件比这个更好的游戏,妈妈。
我做云,你做月亮。
我用两只手遮盖你,我们的屋顶就是青碧的天空。

住在波浪上的人对我唤道——
"我们从早晨唱歌到晚上;我们前进又前进地旅行,也不知我们所经过的是什么地方。"
我问道,"但是,我怎么能加入你们队伍里去呢?"
他们告诉我说,"来到岸旁,站在那里,紧闭你的两眼,你就被带到波浪上来了。"
我说,"傍晚的时候,我妈妈常要我在家里——我怎么能离开她而去呢?"
于是他们微笑着,跳着舞奔流过去。
但是我知道一件比这个更好的游戏。
我是波浪,你是陌生的岸。
我奔流而进,进,进,笑哈哈地撞碎在你的膝上。
世界上就没有一个人会知道我们俩在什么地方。

金色花

假如我变了一朵金色花①,只是为了好玩,长在那棵树的高枝上,笑哈哈地在风中摇摆,又在新生的树叶上跳舞,妈妈,你会认识我么?

你要是叫道,"孩子,你在哪里呀?"我暗暗地在那里匿笑,却一声儿不响。

我要悄悄地开放花瓣儿,看着你工作。

当你沐浴后,湿发披在两肩,穿过金色花的林阴,走到你做祷告的小庭院时,你会嗅到这花的香气,却不知道这香气是从我身上来的。

当你吃过中饭,坐在窗前读《罗摩衍那》②,那棵树的阴影落在你的头发与膝上时,我便要投我的小小的影子在你的书页上,正投在你所读的地方。

但是你会猜得出这就是你的小孩子的小影子么?

当你黄昏时拿了灯到牛棚里去,我便要突然地再落到地上来,又成了你的孩子,求你讲个故事给我听。

"你到哪里去了,你这坏孩子?"

"我不告诉你,妈妈。"这就是你同我那时所要说的话了。

---

① 金色花,原名 Champa,亦作 Champak,印度圣树,木兰花属植物,开金黄色碎花。译名亦作"瞻波伽"或"占博迦"。
② 《罗摩衍那》(Rāmāyana)为印度叙事诗,相传系蚁蛭(Vālmikī)所作。今传本形式约为公元二世纪间所形成。全书分为七卷,共二万四千颂,皆系叙述罗摩生平之作。罗摩即罗摩犍陀罗,十车王之子,悉多之夫。他于第二世(Treta yaga)入世,为毗湿奴神第七化身。印人视他为英雄,有崇拜他如神的。

仙人世界

如果人们知道了我的国王的宫殿在哪里,它就会消失在空气中的。
墙壁是白色的银,屋顶是耀眼的黄金。
皇后住在有七个庭院的宫苑里;她戴的一串珠宝,值得整整七个王国的全部财富。
不过,让我悄悄地告诉你,妈妈,我的国王的宫殿究竟在哪里。
它就在我们阳台的角上,在那栽着杜尔茜花的花盆放着的地方。

公主躺在远远的隔着七个不可逾越的重洋的那一岸沉睡着。
除了我自己,世界上便没有人能够找到她。
她臂上有镯子,她耳上挂着珍珠;她的头发拖到地板上。
当我用我的魔杖点触她的时候,她就会醒过来,而当她微笑时,珠玉将会从她唇边落下来。
不过,让我在你的耳朵边悄悄地告诉你,妈妈;她就住在我们阳台的角上,在那栽着杜尔茜花的花盆放着的地方。

当你要到河里洗澡的时候,你走上屋顶的那座阳台来罢。
我就坐在墙的阴影所聚会的一个角落里。
我只让小猫儿跟我在一起,因为它知道那故事里的理发匠住的地方。
不过,让我在你的耳朵边悄悄地告诉你,那故事里的理发匠到底住在哪里。
他住的地方,就在阳台的角上,在那栽着杜尔茜花的花盆放着的地方。

流放的地方

妈妈,天空上的光成了灰色了;我不知道是什么时候了。

我玩得怪没劲儿的,所以到你这里来了。这是星期六,是我们的休息日。

放下你的活计,妈妈;坐在靠窗的一边,告诉我童话里的特潘塔沙漠在什么地方?

雨的影子遮掩了整个白天。

凶猛的电光用它的爪子抓着天空。

当乌云在轰轰地响着,天打着雷的时候,我总爱心里带着恐惧爬伏到你的身上。

当大雨倾泻在竹叶子上好几个钟头,而我们的窗户为狂风震得格格发响的时候,我就爱独自和你坐在屋里,妈妈,听你讲童话里的特潘塔沙漠的故事。

它在哪里,妈妈,在哪一个海洋的岸上,在哪些个山峰的脚下,在哪一个国王的国土里?

田地上没有此疆彼壤的界石,也没有村人在黄昏时走回家的,或妇人在树林里捡拾枯枝而捆载到市场上去的道路。沙地上只有一小块一小块的黄色草地,只有一株树,就是那一对聪明的老鸟儿在那里做窝的,那个地方就是特潘塔沙漠。

我能够想象得到,就在这样一个乌云密布的日子,国王的年轻的儿子,怎样地独自骑着一匹灰色马,走过这个沙漠,去寻找那被囚禁在不可知的重洋之外的巨人宫里的公主。

当雨雾在遥远的天空下降,电光像一阵突然发作的痛楚的痉挛似的闪射的时候,他可记得他的不幸的母亲,为国王所弃,正在扫除牛棚,眼里流着眼泪,当他骑马走过童话里的特潘塔沙漠的时候?

看,妈妈,一天还没有完,天色就差不多黑了,那边村庄的路上没有什么旅客了。

牧童早就从牧场上回家了,人们都已从田地里回来,坐在他们草屋的檐下的草席上,眼望着阴沉的云块。

妈妈,我把我所有的书本都放在书架上了——不要叫我现在做功课。

当我长大了,大得像爸爸一样的时候,我将会学到必须学到的东西的。

但是,今天你可得告诉我,妈妈,童话里的特潘塔沙漠在什么地方?

雨　天

乌云很快地聚拢在森林的黝黑的边缘上。
孩子,不要出去呀!
湖边的一行棕树,向冥暗的天空撞着头;羽毛零乱的乌鸦,静悄悄地栖在罗望子的枝上,河的东岸正被乌沉沉的冥色所侵袭。

我们的牛系在篱上,高声鸣叫。
孩子,在这里等着,等我先把牛牵进牛棚里去。
许多人都挤在池水泛溢的田间,捉那从泛溢的池中逃出来的鱼儿;雨水成了小河,流过狭弄,好像一个嬉笑的孩子从他妈妈那里跑开,故意要恼她一样。

听呀,有人在浅滩上喊船夫呢。
孩子,天色冥暗了,渡头的摆渡船已经停了。
天空好像是在滂沱的雨上快跑着;河里的水喧叫而且暴躁;妇人们早已拿着汲满了水的水罐,从恒河畔匆匆地回家了。
夜里用的灯,一定要预备好。
孩子,不要出去呀!
到市场去的大道已没有人走,到河边去的小路又很滑。风在竹林里咆哮着,挣扎着,好像一只落在网中的野兽。

纸　船

我每天把纸船一个个放在急流的溪中。

我用大黑字写我的名字和我住的村名在纸船上。

我希望住在异地的人会得到这纸船,知道我是谁。

我把园中长的秀利花载在我的小船上,希望这些黎明开的花能在夜里平平安安地带到岸上。

我投我的纸船到水里,仰望天空,看见小朵的云正张着满鼓着风的白帆。

我不知道天上有我的什么游伴把这些船放下来同我的船比赛!

夜来了,我的脸埋在手臂里,梦见我的纸船在子夜的星光下缓缓地浮泛前去。

睡仙坐在船里,带着满载着梦的篮子。

水　手

船夫曼特胡的船只停泊在拉琪根琪码头。

这只船无用地装载着黄麻,无所事事地停泊在那里已经好久了。

只要他肯把他的船借给我,我就给它安装一百支桨,扬起五个或六个或七个布帆来。

我决不把它驾驶到愚蠢的市场上去。

我将航行遍仙人世界里的七个大海和十三条河道。

但是,妈妈,你不要躲在角落里为我哭泣。

我不会像罗摩犍陀罗①似的,到森林中去,一去十四年才回来。

我将成为故事中的王子,把我的船装满了我所喜欢的东西。

我将带我的朋友阿细和我做伴。我们要快快乐乐地航行于仙人世界里的七个大海和十三条河道。

我将在绝早的晨光里张帆航行。

中午,你正在池塘里洗澡的时候,我们将在一个陌生的国王的国土上了。

我们将经过特浦尼浅滩,把特潘塔沙漠抛落在我们的后边。

当我们回来的时候,天色快黑了,我将告诉你我们所见到的一切。

我将越过仙人世界里的七个大海和十三条河道。

---

① 罗摩犍陀罗即罗摩。他是印度叙事诗《罗摩衍那》中的主角。为了尊重父亲的诺言和维持弟兄间的友爱,他抛弃了继承王位的权利,和妻子悉多在森林中被放逐了十四年。

对　岸

我渴想到河的对岸去。

在那边,好些船只一行儿系在竹竿上;

人们在早晨乘船渡过那边去,肩上扛着犁头,去耕耘他们的远处的田;

在那边,牧人使他们鸣叫着的牛游泳到河旁的牧场去;

黄昏的时候,他们都回家了,只留下豺狼在这满长着野草的岛上哀叫。

妈妈,如果你不在意,我长大的时候,要做这渡船的船夫。

据说有好些古怪的池塘藏在这个高岸之后。

雨过去了,一群一群的野鹜飞到那里去,茂盛的芦苇在岸边四围生长,水鸟在那里生蛋;

竹鸡带着跳舞的尾巴,将它们细小的足印印在洁净的软泥上;

黄昏的时候,长草顶着白花,邀月光在长草的波浪上浮游。

妈妈,如果你不在意,我长大的时候,要做这渡船的船夫。

我要自此岸至彼岸,渡过来,渡过去,所有村中正在那儿沐浴的男孩女孩,都要诧异地望着我。

太阳升到中天,早晨变为正午了,我将跑到你那里去,说道:"妈妈,我饿了!"

一天完了,影子俯伏在树底下,我便要在黄昏中回家来。

我将永不同爸爸那样,离开你到城里去做事。

妈妈,如果你不在意,我长大的时候,要做这渡船的船夫。

花 的 学 校

当雷云在天上轰响,六月的阵雨落下的时候。
润湿的东风走过荒野,在竹林中吹着口笛。
于是一群一群的花从无人知道的地方突然跑出来,在绿草上狂欢地跳着舞。

妈妈,我真的觉得那群花朵是在地下的学校里上学。
他们关了门做功课,如果他们想在散学以前出来游戏,他们的老师是要罚他们站壁角的。

雨一来,他们便放假了。
树枝在林中互相碰触着,绿叶在狂风里萧萧地响着,雷云拍着大手,花孩子们便在那时候穿了紫的、黄的、白的衣裳,冲了出来。

你可知道,妈妈,他们的家是在天上,在星星所住的地方。
你没有看见他们怎样地急着要到那儿去么?你不知道他们为什么那样急急忙忙么?
我自然能够猜得出他们是对谁扬起双臂来:他们也有他们的妈妈,就像我有我自己的妈妈一样。

商　人

妈妈,让我们想象,你待在家里,我到异邦去旅行。
再想象,我的船已经装得满满的在码头上等候启碇了。
现在,妈妈,好生想一想再告诉我,回来的时候我要带些什么给你。

妈妈,你要一堆一堆的黄金么?
在金河的两岸,田野里全是金色的稻实。
在林阴的路上,金色花也一朵一朵地落在地上。
我要为你把它们全都收拾起来,放在好几百个篮子里。

妈妈,你要秋天的雨点一般大的珍珠么?
我要渡海到珍珠岛的岸上去。
那个地方,在清晨的曙光里,珠子在草地的野花上颤动。珠子落在绿草上,珠子被汹狂的海浪一大把一大把地撒在沙滩上。
我的哥哥呢,我要送他一对有翼的马,会在云端飞翔的。
爸爸呢,我要带一支有魔力的笔给他,他还没有觉得,笔就写出字来了。
你呢,妈妈,我一定要把那个值七个国王的王国的首饰箱和珠宝送给你。

同　情

　　如果我只是一只小狗,而不是你的小孩,亲爱的妈妈,当我想吃你的盘里的东西时,你要向我说"不"么?

　　你要赶开我,对我说道,"滚开,你这淘气的小狗"么?

　　那末,走罢,妈妈,走罢! 当你叫唤我的时候,我就永不到你那里去,也永不要你再喂我吃东西了。

　　如果我只是一只绿色的小鹦鹉,而不是你的小孩,亲爱的妈妈,你要把我紧紧地锁住,怕我飞走么?

　　你要对我摇你的手,说道,"怎样的一个不知感恩的贱鸟呀! 整日整夜地尽在咬它的链子"么?

　　那末,走罢,妈妈,走罢! 我要跑到树林里去;我就永不再让你抱我在你的臂里了。

职　业

早晨,钟敲十下的时候,我沿着我们的小巷到学校去。

每天我都遇见那个小贩,他叫道,"镯子呀,亮晶晶的镯子!"

他没有什么事情急着要做,他没有哪条街一定要走,他没有什么地方一定要去,他没有什么时间一定要回家。

我愿意我是一个小贩,在街上过日子,叫着"镯子呀,亮晶晶的镯子!"

下午四点,我从学校里回家。

从一家门口,我看得见一个园丁在那里掘地。

他用他的锄子,要怎么掘,便怎么掘,他被尘土污了衣裳,如果他被太阳晒黑了或是身上被打湿了,都没有人骂他。

我愿意我是一个园丁,在花园里掘地,谁也不来阻止我。

天色刚黑,妈妈就送我上床。

从开着的窗口,我看得见更夫走来走去。

小巷又黑又冷清,路灯立在那里,像一个头上生着一只红眼睛的巨人。

更夫摇着他的提灯,跟他身边的影子一起走着,他一生一次都没有上床去过。

我愿意我是一个更夫,整夜在街上走,提了灯去追逐影子。

长　者

　　妈妈,你的孩子真傻!她是那末可笑的不懂事!
　　她不知道路灯和星星的分别。
　　当我们玩着把小石子当食物的游戏时,她便以为它们真是吃的东西,竟想放进嘴里去。
　　当我翻开一本书,放在她面前,要她读a,b,c时,她却用手把书页撕了,无端快活地叫起来;你的孩子就是这样做功课的。
　　当我生气地对她摇头,骂她,说她顽皮时,她却哈哈大笑,以为很有趣。
　　谁都知道爸爸不在家,但是,如果我在游戏时高声叫一声"爸爸",她便要高兴地四面张望,以为爸爸真是近在身边。
　　当我把洗衣人带来载衣服回去的驴子当做学生,并且警告她说,我是老师,她却无缘无故地乱叫起我哥哥来。
　　你的孩子要捉月亮。她是这样的可笑;她把格尼许①唤做琪奴许。
　　妈妈,你的孩子真傻,她是那末可笑的不懂事!

---

① 格尼许(Ganesh)是毁灭之神湿婆的儿子,象首人身,同时也是现代印度人所最喜欢用来做名字的第一个字。

小 大 人

我人很小，因为我是一个小孩子。到了我像爸爸一样年纪时，便要变大了。

我的先生要是走来说道，"时候晚了，把你的石板，你的书拿来。"

我便要告诉他道，"你不知道我已经同爸爸一样大了么？我决不再学什么功课了。"

我的老师便将惊异地说道，"他读书不读书可以随便，因为他是大人了。"

我将自己穿了衣裳，走到人群拥挤的市场里去。

我的叔叔要是跑过来说道，"你要迷路了，我的孩子；让我领着你罢。"

我便要回答道，"你没有看见么，叔叔，我已经同爸爸一样大了？我决定要独自一个人到市场里去。"

叔叔便将说道，"是的，他随便到哪里去都可以，因为他是大人了。"

当我正拿钱给我保姆时，妈妈便要从浴室中出来，因为我是知道怎样用我的钥匙去开银箱的。

妈妈要是说道，"你在做什么呀，顽皮的孩子？"

我便要告诉她道："妈妈，你不知道我已经同爸爸一样大了么？我必须拿钱给保姆。"

妈妈便将自言自语道，"他可以随便把钱给他所喜欢的人，因为他是大人了。"

当十月里放假的时候,爸爸将要回家,他会以为我还是一个小孩子,为我从城里带来了小鞋子和小绸衫来。

我便要说道,"爸爸。把这些东西给哥哥罢,因为我已经同你一样大了。"

爸爸便将想了一想,说道,"他可以随便去买他自己穿的衣裳,因为他是大人了。"

十二点钟

妈妈,我真想现在不做功课了。我整个早晨都在念书呢。

你说,现在还不过是十二点钟。假定不会晚过十二点罢;难道你不能把不过是十二点钟想象成下午么?

我能够容容易易地想象:现在太阳已经到了那片稻田的边缘上了,老态龙钟的渔婆正在池边采撷香草作她的晚餐。

我闭上了眼就能够想到,马塔尔树下的阴影是更深黑了,池塘里的水看来黑得发亮。

假如十二点钟能够在黑夜里来到,为什么黑夜不能在十二点钟的时候来到呢?

著 作 家

你说爸爸写了许多书,但我却不懂得他所写的东西。

他整个黄昏读书给你听,但是你真懂得他的意思么?

妈妈,你给我们讲的故事,真是好听呀!我很奇怪,爸爸为什么不能写那样的书呢?

难道他从来没有从他自己的妈妈那里听见过巨人和神仙和公主的故事么?

还是已经完全忘记了?

他常常耽误了沐浴,你不得不走去叫他一百多次。

你总要等候着,把他的菜温着等他,但他忘了,还尽管写下去。

爸爸老是以著书为游戏。

如果我一走进爸爸房里去游戏,你就要走来叫道,"真是一个顽皮的孩子!"

如果我稍微出一点声音,你就要说,"你没有看见你爸爸正在工作么?"

老是写了又写,有什么趣味呢?

当我拿起爸爸的钢笔或铅笔,跟他一模一样地在他的书上写着,——a,b,c,d,e,f,g,h,i,——那时,你为什么跟我生气呢,妈妈?

爸爸写时,你却从来不说一句话。

当我爸爸耗费了那末一大堆纸时,妈妈,你似乎全不在乎。

但是,如果我只取了一张纸去做一只船,你却要说,"孩子,你真讨厌!"

你对于爸爸拿黑点子涂满了纸的两面,污损了许多许多张纸,你心里以为怎样呢?

恶 邮 差

你为什么坐在那边地板上不言不动的,告诉我呀,亲爱的妈妈?
雨从开着的窗口打进来了,把你身上全打湿了,你却不管。
你听见钟已打四下了么?正是哥哥从学校里回家的时候了。
到底发生了什么事,你的神色这样不对?
你今天没有接到爸爸的信么?
我看见邮差在他的袋里带了许多信来,几乎镇里的每个人都分送到了。
只有爸爸的信,他留起来给他自己看。我确信这个邮差是个坏人。
但是不要因此不乐呀,亲爱的妈妈。
明天是邻村市集的日子。你叫女仆去买些笔和纸来。
我自己会写爸爸所写的一切信;使你找不出一点错处来。
我要从 A 字一直写到 K 字。
但是,妈妈,你为什么笑呢?
你不相信我能写得同爸爸一样好!
但是我将用心画格子,把所有的字母都写得又大又美。
当我写好了时,你以为我也像爸爸那样傻,把它投入可怕的邮差的袋中么?
我立刻就自己送来给你,而且一个字母、一个字母地帮助你读。
我知道那邮差是不肯把真正的好信送给你的。

英　雄

　　妈妈,让我们想象我们正在旅行,经过一个陌生而危险的国土。
　　你坐在一顶轿子里,我骑着一匹红马,在你旁边跑着。
　　是黄昏的时候,太阳已经下山了。约拉地希的荒地疲乏而灰暗地展开在我们面前。大地是凄凉而荒芜的。
　　你害怕了,想道——"我不知道我们到了什么地方了。"
　　我对你说道,"妈妈,不要害怕。"

　　草地上刺蓬蓬地长着针尖似的草,一条狭而崎岖的小道通过这块草地。
　　在这片广大的地面上看不见一只牛;它们已经回到它们村里的牛棚去了。
　　天色黑了下来,大地和天空都显得朦朦胧胧的,而我们不能说出我们正走向什么所在。
　　突然间,你叫我,悄悄地问我道,"靠近河岸的是什么火光呀?"
　　正在那个时候,一阵可怕的呐喊声爆发了,好些人影子向我们跑过来。
　　你蹲坐在你的轿子里,嘴里反复地祷念着神的名字。
　　轿夫们,怕得发抖,躲藏在荆棘丛中。
　　我向你喊道,"不要害怕,妈妈,有我在这里。"

　　他们手里执着长棒,头发披散着,越走越近了。
　　我喊道,"要当心!你们这些坏蛋!再向前走一步,你们就要送命了。"
　　他们又发出一阵可怕的呐喊声,向前冲过来。

你抓住我的手,说道,"好孩子,看在上天面上,躲开他们罢。"

我说道,"妈妈,你瞧我的。"

于是我刺策着我的马匹,猛奔过去,我的剑和盾彼此碰着作响。

这一场战斗是那末激烈,妈妈,如果你从轿子里看得见的话,你一定会发冷战的。

他们之中,许多人逃走了,还有好些人被砍杀了。

我知道你那时独自坐在那里,心里正在想着,你的孩子这时候一定已经死了。

但是我跑到你的跟前,浑身溅满了鲜血,说道,"妈妈,现在战争已经结束了。"

你从轿子里走出来,吻着我,把我搂在你的心头,你自言自语地说道,

"如果我没有我的孩子护送我,我简直不知道怎么办才好。"

一千件无聊的事天天在发生,为什么这样一件事不能够偶然实现呢?

这很像一本书里的一个故事。

我的哥哥要说道,"这是可能的事么?我老是想,他是那末嫩弱呢!"

我们村里的人们都要惊讶地说道,"这孩子正和他妈妈在一起,这不是很幸运么?"

告　别

是我走的时候了,妈妈;我走了。

当清寂的黎明,你在暗中伸出双臂,要抱你睡在床上的孩子时,我要说道,"孩子不在那里呀!"——妈妈,我走了。

我要变成一股清风抚摩着你;我要变成水中的涟漪,当你浴时,把你吻了又吻。

大风之夜,当雨点在树叶中淅沥时,你在床上,会听见我的微语,当电光从开着的窗口闪进你的屋里时,我的笑声也偕了它一同闪进了。

如果你醒着躺在床上,想你的孩子到深夜,我便要从星空向你唱道,"睡呀! 妈妈,睡呀。"

我要坐在各处游荡的月光上,偷偷地来到你的床上,乘你睡着时,躺在你的胸上。

我要变成一个梦儿,从你的眼皮的微缝中,钻到你的睡眠的深处,当你醒来吃惊地四望时,我便如闪耀的萤火似的熠熠地向暗中飞去了。

当普耶节日①,邻舍家的孩子们来屋里玩耍时,我便要融化在笛声里,整日价在你心头震荡。

亲爱的阿姨带了普耶礼②来,问道,"我们的孩子在哪里,姊姊?"妈妈,你将要柔声地告诉她,"他呀,他现在是在我的瞳人里,他现在是在我的身体里,在我的灵魂里。"

---

① 普耶(Puja),意为"祭神大典",这里的"普耶节",是指印度十月间的"难近母祭日"。
② 普耶礼就是这个节日亲友相互馈送的礼物。

召　唤

她走的时候,夜间黑漆漆的,他们都睡了。

现在,夜间也是黑漆漆的,我唤她道,"回来,我的宝贝;世界都在沉睡;当星星互相凝视的时候,你来一会儿是没有人会知道的。"

她走的时候,树木正在萌芽,春光刚刚来到。

现在花已盛开,我唤道,"回来,我的宝贝。孩子们漫不经心地在游戏,把花聚在一块,又把它们散开。你如走来,拿一朵小花去,没有人会发觉的。"

常常在游戏的那些人,仍然还在那里游戏,生命总是如此的浪费。

我静听他们的空谈,便唤道,"回来,我的宝贝,妈妈的心里充满着爱,你如走来,仅仅从她那里接一个小小的吻,没有人会妒忌的。"

第一次的茉莉

呵,这些茉莉花,这些白的茉莉花!

我仿佛记得我第一次双手满捧着这些茉莉花,这些白的茉莉花的时候。

我喜爱那日光,那天空,那绿色的大地;

我听见那河水淙淙的流声,在黑漆的午夜里传过来;

秋天的夕阳,在荒原上大路转角处迎我,如新妇揭起她的面纱迎接她的爱人。

但我想起孩提时第一次捧在手里的白茉莉,心里充满着甜蜜的回忆。

我生平有过许多快活的日子,在节日宴会的晚上,我曾跟着说笑话的人大笑。

在灰暗的雨天的早晨,我吟哦过许多飘逸的诗篇。

我颈上戴过爱人手织的醉花的花圈,作为晚装。

但我想起孩提时第一次捧在手里的白茉莉,心里充满着甜蜜的回忆。

榕　树

　　喂,你站在池边的蓬头的榕树,你可曾忘记了那小小的孩子,就像那在你的枝上筑巢又离开了你的鸟儿似的孩子?

　　你不记得他怎样坐在窗内,诧异地望着你深入地下的纠缠的树根么?

　　妇人们常到池边,汲了满罐的水去,你的大黑影便在水面上摇动,好像睡着的人挣扎着要醒来似的。

　　日光在微波上跳舞,好像不停不息的小梭在织着金色的花毡。

　　两只鸭子挨着芦苇,在芦苇影子上游来游去,孩子静静地坐在那里想着。

　　他想做风,吹过你的萧萧的枝杈;想做你的影子,在水面上,随了日光而俱长;想做一只鸟儿,栖息在你的最高枝上;还想做那两只鸭,在芦苇与阴影中间游来游去。

祝　福

祝福这个小心灵,这个洁白的灵魂,他为我们的大地,赢得了天的接吻。

他爱日光,他爱见他妈妈的脸。

他没有学会厌恶尘土而渴求黄金。

紧抱他在你心里,并且祝福他。

他已来到这个歧路百出的大地上了。

我不知道他怎么从群众中选出你来,来到你的门前抓住你的手问路。

他笑着,谈着,跟着你走,心里没有一点儿疑惑。

不要辜负他的信任,引导他到正路,并且祝福他。

把你的手按在他的头上,祈求着:底下的波涛虽然险恶,然而从上面来的风,会鼓起他的船帆,送他到和平的港口的。

不要在忙碌中把他忘了,让他来到你的心里,并且祝福他。

赠　品

我要送些东西给你,我的孩子,因为我们同是漂泊在世界的溪流中的。

我们的生命将被分开,我们的爱也将被忘记。

但我却没有那样傻,希望能用我的赠品来买你的心。

你的生命正是青青,你的道路也长着呢,你一口气饮尽了我们带给你的爱,便回身离开我们跑了。

你有你的游戏,有你的游伴。如果你没有时间同我们在一起,如果你想不到我们,那有什么害处呢?

我们呢,自然的,在老年时,会有许多闲暇的时间,去计算那过去的日子,把我们手里永久失了的东西,在心里爱抚着。

河流唱着歌很快地流去,冲破所有的堤防。但是山峰却留在那里,忆念着,满怀依依之情。

我 的 歌

我的孩子,我这一支歌将扬起它的乐声围绕你的身旁,好像那爱情的热恋的手臂一样。

我这一支歌将触着你的前额,好像那祝福的接吻一样。

当你只是一个人的时候,它将坐在你的身旁,在你耳边微语着;当你在人群中的时候,它将围住你,使你超然物外。

我的歌将成为你的梦的翼翅,它将把你的心移送到不可知的岸边。

当黑夜覆盖在你路上的时候,它又将成为那照临在你头上的忠实的星光。

我的歌又将坐在你眼睛的瞳人里,将你的视线带入万物的心里。

当我的声音因死亡而沉寂时,我的歌仍将在你活泼泼的心中唱着。

孩子的天使

他们喧哗争斗,他们怀疑失望,他们辩论而没有结果。

我的孩子,让你的生命到他们当中去,如一线镇定而纯洁之光,使他们愉悦而沉默。

他们的贪心和妒忌是残忍的;他们的话,好像暗藏的刀,渴欲饮血。

我的孩子,去,去站在他们愤懑的心中,把你的和善的眼光落在它们上面,好像那傍晚的宽宏大量的和平,覆盖着日间的骚扰一样。

我的孩子,让他们望着你的脸,因此能够知道一切事物的意义;让他们爱你,因此他们能够相爱。

来,坐在无垠的胸膛上,我的孩子。朝阳出来时,开放而且昂起你的心,像一朵盛开的花;夕阳落下时,低下你的头,默默地做完这一天的礼拜。

最后的买卖

早晨,我在石铺的路上走时,我叫道,"谁来雇用我呀。"
皇帝坐着马车,手里拿着剑走来。
他拉着我的手,说道,"我要用权力来雇用你。"
但是他的权力算不了什么,他坐着马车走了。

正午炎热的时候,家家户户的门都闭着。
我沿着弯曲的小巷走去。
一个老人带着一袋金钱走出来。
他斟酌了一下,说道,"我要用金钱来雇用你。"
他一个一个地数着他的钱,但我却转身离去了。

黄昏了。花园的篱上满开着花。
美人走出来,说道,"我要用微笑来雇用你。"
她的微笑黯淡了,化成泪容了,她孤寂地回身走进黑暗里去。

太阳照耀在沙地上,海波任性的浪花四溅。
一个小孩坐在那里玩贝壳。
他抬起头来,好像认识我似的,说道,"我雇你不用什么东西。"
从此以后,在这个小孩的游戏中做成的买卖,使我成了一个自由的人。

郑振铎 译

飞鸟集

(1916)

一九二二年版《飞鸟集》例言

译诗是一件最不容易的工作。原诗音节的保留固然是绝不可能的事！就是原诗意义的完全移植,也有十分的困难。散文诗算是最容易译的,但有时也须费十分的力气。如惠特曼(Walt Whitman)的《草叶集》便是一个例子。这有两个原因:第一,有许多诗中特用的美丽文句,差不多是不能移动的。在一种文字里,这种字眼是"诗的"是"美的",如果把他移植在第二种文字中,不是找不到相当的好字,便是把原意丑化了,变成非"诗的"了。在泰戈尔的《人格论》中,曾讨论到这一层。他以为诗总是要选择那"有生气的"字眼,——就是那些不仅仅为报告用而能融化于我们心中,不因市井常用而损坏它的形式的字眼。譬如在英文里,"意识"(consciousness)这个词,带有多少科学的意义,所以诗中不常用它。印度文的同意字 chetana 则是一个"有生气"而常用于诗歌里的词。又如英文的"感情"(feeling)这个字是充满了生命的,但彭加利文①里的同意字 anubhuti 则诗中绝无用之者。在这些地方,译诗的人实在感到万分的困难。第二,诗歌的文句总是含蓄的,暗示的。他的句法的构造,多简短而含义丰富。有的时候,简直不能译。如直译,则不能达意。如稍加诠释,则又把原文的风韵与含蓄完全消灭,而使之不成一首诗了。

因此,我主张诗集的介绍,只应当在可能的范围选择,而不能——也不必——完全整册地搬运过来。

大概诗歌的选译,有两个方便的地方:第一,选译可以适应译者的兴趣。在一个诗集中的许多诗,译者未必都十分喜欢它。如果不十分喜欢它,不十分感觉得它的美好,则他的译文必不能十分得神,至少也

---

① 即孟加拉文。——编者注

把这快乐的工作变成一种无意义的苦役。选译则可以减灭译者的这层痛苦。第二,便是减少上述的两层翻译上的困难。因为如此便可以把不能译的诗,不必译出来。译出来而丑化了或是为读者所看不懂,则反不如不译的好。

但我并不是在这里宣传选译主义。诗集的全选,是我所极端希望而且欢迎的。不过这种工作应当让给那些有全译能力的译者去做。我为自己的兴趣与能力所限制,实在不敢担任这种重大的工作。且为大多数的译者计,我也主张选译是较好的一种译诗方法。

现在我译泰戈尔的诗,便实行了这种选译的主张,以前我也有全译泰戈尔各诗集的野心。有好些友人也极力劝我把它们全译出来。我试了几次。但我的野心与被大家鼓起的勇气,终于给我的能力与兴趣打败了。

现在所译的泰戈尔各集的诗,都是

1. 我所最喜欢读的,而且
2. 是我的能力所比较的能够译得出的。

有许多诗,我自信是能够译得出的,但因为自己翻译它们的兴趣不大强烈,便不高兴去译它们。还有许多诗我是很喜欢读它们的,而且是极愿意把它们译出来的。但因为自己能力的不允许,便也只好舍弃了它们。

即在这些译出的诗中,有许多也是自己觉得译得不好,心中很不满意的。但实在不忍再割舍它们了。只好请读者赏读它的原意,不必注意于粗陋的译文。

泰戈尔的诗集用英文出版的共有六部:

（一）《园丁集》　　　　（*Gardener*）

（二）《吉檀迦利》　　　（*Jitanjali*）

（三）《新月集》　　　　（*Crescent Moon*）

（四）《采果集》　　　　（*Fruit-Gathering*）

（五）《飞鸟集》　　　　（*Stray Birds*）

（六）《爱者之贻与歧路》（*Lover's Gift And Crossing*）

但据 B. K. Roy 的《泰戈尔与其诗》(R. Tagore: *The Man And His*

Poetry）一书上所载，他用彭加利文写的重要诗集，却有下面的许多种：

Sandhva Sangit,	Kshanika,
Probhat Sangit,	Kanika,
Bhanusingher Padabali,	Kahini,
Chabi O Gan,	Sishn,
Kari O Komal,	Naibadya,
Prakritir Pratisodh,	Utsharga,
Sonartari,	Kheya,
Chaitali,	Gitanzali,
Kalpana,	Gitimalya,
Katha.	

我的这几本诗选，是根据那六部用英文写的诗集译下来的。因为我不懂梵文。

在这几部诗集中，间有重出的诗篇，如《海边》一诗，已见于《新月集》中，而又列入《吉檀迦利》，排为第六十首。《飞鸟集》的第九十八首，也与同集中的第二百六十三首相同。像这一类的诗篇，都照先见之例，把他列入最初见的地方。

我的译文自信是很忠实的。误解的地方，却也保不定完全没有。如读者偶有发现，肯公开地指教我，那是我所异常欢迎的。

郑振铎
1922年6月26日

一九三三年版本序

《飞鸟集》曾经全译出来一次,因为我自己的不满意,所以又把它删节为现在的选译本①。以前,我曾看见有人把这诗集选译过,但似乎错得太多,因此我译时不曾拿它来参考。

近来小诗十分发达。他们的作者大半都是直接或间接受泰戈尔此集的影响的。此集的介绍,对于没有机会得读原文的,至少总有些贡献。

这诗集的一部分译稿是积了许多时候的,但大部分却都是在西湖俞楼译的。

我在此谢谢叶圣陶、徐玉诺二君。他们替我很仔细地校读过这部译文,并且供给了许多重要的意见给我。

郑振铎
6月26日

---

① 本版《飞鸟集》是增补完备的全译本。——编者注

1

夏天的飞鸟,飞到我窗前唱歌,又飞去了。
秋天的黄叶,它们没有什么可唱,只叹息一声,飞落在那里。

2

世界上的一队小小的漂泊者呀,请留下你们的足印在我的文字里。

3

世界对了它的爱人,把它浩瀚的面具揭下了。
它变小了,小如一首歌,小如一回永恒的接吻。

4

是大地的泪点,使她的微笑保持着青春不谢。

5

无垠的沙漠热烈追求一叶绿草的爱,她摇摇头笑着飞开了。

6

如果你因失去了太阳而流泪,那末你也将失去群星了。

7

跳舞着的流水呀,在你途中的泥沙,要求你的歌声,你的流动呢。你肯挟跛足的泥沙而俱下么?

8

她的热切的脸,如夜雨似的,搅扰着我的梦魂。

9

有一次,我们梦见大家都是不相识的。
我们醒了,却知道我们原是相亲相爱的。

10

忧思在我的心里平静下去,正如傍晚的暮色降临在寂静的山林之中。

11

有些看不见的手指,如懒懒的微飔似的,正在我的心上,奏着潺湲的乐声。

12

"海水呀,你说的是什么?"
"是永恒的疑问。"
"天空呀,你回答的话是什么?"

"是永恒的沉默。"

13

静静地听,我的心呀,听那世界的低语,这是它对你求爱的表示呀。

14

创造的神秘,有如夜间的黑暗,——是伟大的。而知识的幻影,不过如晨间之雾。

15

不要因为峭壁是高的,而让你的爱情坐在峭壁上。

16

我今晨坐在窗前,世界如一个过路的人似的,停留了一会,向我点点头又走过去了。

17

这些微飔,是绿叶的簌簌之声呀;它们在我的心里,愉悦地微语着。

18

你看不见你自己,你所看见的,只是你的影子。

19

神呀,我的那些愿望真是愚傻呀,它们杂在你的歌声中喧叫着呢。
让我只是静听着吧。

20

我不能选择那最好的。
是那最好的选择我。

21

那些把灯背在背上的人,把他们的影子投到他们前面去了。

22

我的存在,对我是一个永久的神奇,这就是生活。

23

"我们萧萧树叶都有声响回答暴风雨,你是谁,沉默着?"
"我不过是一朵花。"

24

休息与工作的关系,正如眼睑与眼睛的关系。

25

人是一个初生的孩子,他的力量,就是生长的力量。

26

神希望我们酬答他,在于他送给我们的花朵,而不在于太阳和土地。

27

光明如一个裸体的孩子,快快活活地在绿叶当中游戏,它不知道人是会欺诈的。

28

啊,美呀,在爱中找你自己吧,不要到你镜子的谄谀中去找寻。

29

我的心把她的波浪在世界的海岸上冲激着,以热泪在上边写着她的题记:"我爱你。"

30

"月儿呀,你在等候什么呢?"
"敬礼我将让位的太阳。"

31

绿树长到了我的窗前,仿佛是喑哑的大地发出的渴望的声音。

32

神自己的清晨,在他自己看来也是新奇的。

33

生命从世界得到资产,爱情使它得到价值。

34

干竭的河床,并不感谢它的过去。

35

鸟儿愿为一朵云。
云儿愿为一只鸟。

36

瀑布歌道,"我得到自由时便有歌声了。"

37

我说不出这心为什么那样默默地颓丧着。
是为了它那不曾要求,不曾知道,不曾记得的小小的要求。

38

妇人,你在料理家事的时候,你的手足歌唱着,正如山间的溪水歌唱着在小石中流过。

39

当太阳横过西方的海面的时候,对着东方留下了他的最后的敬礼。

40

不要因为你自己没有胃口,而去责备你的食物。

41

群树如表示大地的愿望似的,踮起脚来向天空窥望。

42

你微微地笑着,不同我说什么话,而我觉得,为了这个,我已等待得久了。

43

水里的游鱼是沉默的,陆地上的兽类是喧闹的,空中的飞鸟是歌唱着的。
但是人类却兼有了海里的沉默,地上的喧闹,与空中的音乐。

44

世界在踌躇之心的琴弦上跑过去,奏出忧郁的乐声。

45

他把他的刀剑当做他的上帝。
当他的刀剑胜利时他自己却失败了。

46

神从创造中找到他自己。

47

阴影戴上她的面幕,秘密地,温顺地,用她的沉默的爱的脚步,跟在"光"后边。

48

群星不怕显得像萤火虫那样。

49

谢谢神,我不是一个权力的轮子,而是被压在这轮下的活人之一。

50

心是尖锐的,不是宽博的,它执着在每一点上,却并不活动。

51

你的偶像委散在尘土中了,这可证明神的尘土比你的偶像还伟大。

52

人在他的历史中表现不出他自己,他在历史中奋斗着露出头角。

53

玻璃灯因为瓦灯叫它做表兄而责备瓦灯,但当明月出来时,玻璃灯却温和地微笑着,叫明月为——"我亲爱的,亲爱的姊姊。"

54

我们如海鸥之与波涛相遇似的,遇见了,走近了。海鸥飞去,波涛滚滚地流开,我们也分别了。

55

我的白昼已经完了,我像一只泊在海滩上的小船,谛听着晚潮跳舞的乐声。

56

我们的生命是天赋的,我们惟有献出生命,才能得到生命。

57

当我们是大为谦卑的时候,便是我们最近于伟大的时候。

58

麻雀看见孔雀负担着它的翎尾,替它担忧。

59

决不要害怕刹那——永恒之声这样地唱着。

60

飓风于无路之中寻求最短之路,又突然地在"无何有之国"终止了它的寻求。

61

在我自己的杯中,饮了我的酒吧,朋友。
一倒在别人的杯里,这酒的腾跳的泡沫便要消失了。

62

"完全"为了对"不全"的爱,把自己装饰得美丽。

63

神对人说道,"我医治你所以伤害你,爱你所以惩罚你。"

64

　　谢谢火焰给你光明，但是不要忘了那执灯的人，他是坚韧地站在黑暗当中呢。

65

　　小草呀，你的足步虽小，但是你拥有你足下的土地。

66

　　幼花的蓓蕾开放了，它叫道，"亲爱的世界呀，请不要萎谢了。"

67

　　神对于那些大帝国会感到厌恶，却决不会厌恶那些小小的花朵。

68

　　错误经不起失败，但是真理却不怕失败。

69

　　瀑布歌道，"虽然渴者只要少许的水便够了，我却很快活地给与了我全部的水。"

70

　　把那些花朵抛掷上去的那一阵子无休无止的狂欢大喜的劲儿，其源泉是在哪里呢?

71

樵夫的斧头,问树要斧柄。
树便给了他。

72

这寡独的黄昏,幕着雾与雨,我在我心的孤寂里,感觉到它的叹息。

73

贞操是从丰富的爱情中生出来的财富。

74

雾,像爱情一样,在山峰的心上游戏,生出种种美丽的变幻。

75

我们把世界看错了,反说它欺骗我们。

76

诗人——飙风,正出经海洋和森林,追求它自己的歌声。

77

每一个孩子出生时都带来信息说:神对人并未灰心失望。

78

绿草求她地上的伴侣。
树木求他天空的寂寞。

79

人对他自己建筑起堤防来。

80

我的朋友,你的语声飘荡在我的心里,像那海水的低吟之声,绕缭在静听着的松林之间。

81

这个不可见的黑暗之火焰,以繁星为其火花的,到底是什么呢?

82

使生如夏花之绚烂,死如秋叶之静美。

83

那想做好人的,在门外敲着门,那爱人的,看见门敞开着。

84

在死的时候,众多合而为一,在生的时候,一化为众多。

神死了的时候，宗教便将合而为一。

85

艺术家是自然的情人，所以他是自然的奴隶，也是自然的主人。

86

"你离我有多少远呢，果实呀？"
"我是藏在你的心里呢，花呀。"

87

这个渴望是为了那个在黑夜里感觉得到、在大白天里却看不见的人。

88

露珠对湖水说道，"你是在荷叶下面的大露珠，我是在荷叶上面的较小的露珠。"

89

刀鞘保护刀的锋利，它自己则满足于它的迟钝。

90

在黑暗中，"一"视若一体，在光亮中，"一"便视若众多。

91

大地借助于绿草,显出她自己的殷勤好客。

92

绿叶的生与死乃是旋风的急骤的旋转,它的更广大的旋转的圈子乃是在天上繁星之间徐缓的转动。

93

权势对世界说道,"你是我的。"
世界便把权势囚禁在她的宝座下面。
爱情对世界说道,"我是你的。"
世界便给予爱情以在她屋内来往的自由。

94

浓雾仿佛是大地的愿望。
它藏起了太阳,而太阳原是她所呼求的。

95

安静些吧,我的心,这些大树都是祈祷者呀。

96

瞬刻的喧声,讥笑着永恒的音乐。

97

我想起了浮泛在生与爱与死的川流上的许多别的时代以及这些时代之被遗忘,我便感觉到离开尘世的自由了。

98

我灵魂里的忧郁就是她的新婚的面纱。
这面纱等候着在夜间卸去。

99

死之印记给生的钱币以价值,使它能够用生命来购买那真正的宝物。

100

白云谦逊地站在天之一隅。
晨光给它戴上了霞彩。

101

尘土受到损辱,却以她的花朵来报答。

102

只管走过去,不必逗留着去采了花朵来保存,因为一路上,花朵自会继续开放的。

103

根是地下的枝。
枝是空中的根。

104

远远去了的夏之音乐,翱翔于秋间,寻求它的旧垒。

105

不要从你自己的袋里掏出勋绩借给你的朋友,这是污辱他的。

106

无名的日子的感触,攀缘在我的心上,正像那绿色的苔藓,攀缘在老树的周身。

107

回声嘲笑着她的原声,以证明她是原声。

108

当富贵利达的人夸说他得到神的特别恩惠时,上帝却羞了。

109

我投射我自己的影子在我的路上,因为我有一盏还没有燃点起来的明灯。

110

人走进喧哗的群众里去,为的是要淹没他自己的沉默的呼号。

111

终止于衰竭的是"死亡",但"圆满"却终止于无穷。

112

太阳穿一件朴素的光衣。白云却披了灿烂的裙裾。

113

山峰如群儿之喧嚷,举起他们的双臂,想去捉天上的星星。

114

道路虽然拥挤,却是寂寞的,因为它是不被爱的。

115

权势以它的恶行自夸,落下的黄叶与浮游云片却在笑它。

116

今天大地在太阳光里向我营营哼鸣,像一个织着布的妇人,用一种已经被忘却的语言,哼着一些古代的歌曲。

117

绿草是无愧于它所生长的伟大世界的。

118

梦是一个一定要谈话的妻子,
睡眠是一个默默地忍受的丈夫。

119

夜与逝去的日子接吻,轻轻地在他耳旁说道,"我是死,是你的母亲。我就要给你以新的生命。"

120

黑夜呀,我感觉得你的美了,你的美如一个可爱的妇人,当她把灯灭了的时候。

121

我把在那些已逝去的世界上的繁荣带到我的世界上来。

122

亲爱的朋友呀,当我静听着海涛时,我有好几次在暮色深沉的黄昏里,在这个海岸上,感得你的伟大思想的沉默了。

123

鸟以为把鱼举在空中是一种慈善的举动。

124

夜对太阳说道,"在月亮中,你送了你的情书给我。
"我已在绿草上留下我的流着泪点的回答了。"

125

伟人是一个天生的孩子,当他死时,他把他的伟大的孩提时代给了世界。

126

不是槌的打击,乃是水的载歌载舞,使鹅卵石臻于完美。

127

蜜蜂从花中啜蜜,离开时营营地道谢。
浮华的蝴蝶却相信花是应该向它道谢的。

128

如果你不等待着要说出完全的真理,那末把真话说出来是很容易的。

129

"可能"问"不可能"道,
"你住在什么地方呢?"
它回答道,"在那无能为力者的梦境里。"

130

如果你把所有的错误都关在门外时,真理也要被关在外面了。

131

我听见有些东西在我心的忧闷后面萧萧作响,——我不能看见它们。

132

闲暇在动作时便是工作。
静止的海水荡动时便成波涛。

133

绿叶恋爱时便成了花。
花崇拜时便成了果实。

134

埋在地下的树根使树枝产生果实,却并不要求什么报酬。

135

阴雨的黄昏,风不休地吹着。
我看着摇曳的树枝,想念着万物的伟大。

136

子夜的风雨,如一个巨大的孩子,在不合时宜的黑夜里醒来,开始游戏和喊叫起来了。

137

海呀,你这暴风雨的孤寂的新妇呀,你虽掀起波浪追随你的情人,但是无用呀。

138

文字对工作说道,"我惭愧我的空虚。"
工作对文字说道,"当我看见你时,我便知道我是怎样地贫乏了。"

139

时间是变化的财富,时钟模仿它,却只有变化而没有财富。

140

真理穿了衣裳觉得事实太拘束了,
在想象中,她却转动得很舒畅。

141

当我到这里,到那里地旅行着时,路呀,我厌倦了你了,但是现在,当你引导我到各处去时,我便爱上你,与你结婚了。

142

让我设想,在群星之中,有一颗星是指导着我的生命通过不可知的黑暗的。

143

妇人,你用了你美丽的手指,触着我的什物,秩序便如音乐似的生出来了。

144

一个忧郁的声音,筑巢于逝水似的年华中。
它在夜里向我唱道,"我爱你。"

145

燃着的火,以它的熊熊之光焰警告我不要走近它。
把我从潜藏在灰中的余烬里救出来吧。

146

我有群星在天上,
但是,唉,我屋里的小灯却没有点亮。

147

死文字的尘土沾着你。
用沉字去洗净你的灵魂吧。

148

生命里留了许多罅隙,从中送来了死之忧郁的音乐。

149

世界已在早晨敞开了它的光明之心。
出来吧,我的心,带了你的爱去与它相会。

150

我的思想随着这些闪耀的绿叶而闪耀,我的心灵因了这日光的抚触而歌唱;我的生命因为偕了万物一同浮泛在空间的蔚蓝,时间的墨黑中而感到欢快。

151

神的巨大的威权是在柔和的微飔里,而不在狂风暴雨之中。

152

在梦中,一切事都散漫着,都压着我,但这不过是一个梦呀。当我醒来时,我便将觉得这些事都已聚集在你那里,我也便将自由了。

153

落日问道,"有谁在继续我的职务呢?"
瓦灯说道,"我要尽我所能的做去,我的主人。"

154

采着花瓣时,得不到花的美丽。

155

沉默蕴蓄着语声,正如鸟巢拥围着睡鸟。

156

大的不怕与小的同游。
居中的却远而避之。

157

夜秘密地把花开放了,却让那白日去领受谢词。

158

权势认为牺牲者的痛苦是忘恩负义。

159

当我们以我们的充实为乐时,那末,我们便能很快乐地跟我们的果实分手了。

160

雨点吻着大地,微语道,"我们是你的思家的孩子,母亲,现在从天上回到你这里来了。"

161

蛛网好像要捉露点,却捉住了苍蝇。

162

爱情呀!当你手里拿着点亮了的痛苦之灯走来时,我能够看见你的脸,而且以你为幸福。

163

萤火对天上的星说道,"学者说你的光明,总有一天会消灭的。"
天上的星不回答它。

164

在黄昏的微光里,有那清晨的鸟儿来到了我的沉默的鸟巢里。

165

思想掠过我的心上,如一群野鸭飞过天空。
我听见它们鼓翼之声了。

166

沟洫总喜欢想:河流的存在,是专为着供给它水流的。

167

世界以它的痛苦同我接吻,而要求歌声做报酬。

168

压迫着我的,到底是我的想要外出的灵魂呢,还是那世界的灵魂,敲着我心的门想要进来呢?

169

思想以它自己的言语喂养它自己,而成长起来。

170

我把我的心之碗轻轻浸入这沉默之时刻中;它盛满了爱了。

171

或者你在做着工作,或者你没有。
当你不得不说,"让我们做些事吧,"那末就要开始胡闹了。

172

向日葵羞于把无名的花朵看作它的同胞。

太阳升上来了,向它微笑,说道,"你好么,我的宝贝儿?"

173

"谁如命运似的推着我向前走呢?"
"那是我自己,在身背后大跨步走着。"

174

云把水倒在河的水杯里,它们自己却藏在远山之中。

175

我一路走去,从我的水瓶中漏出水来。
只剩下极少极少的水供我回家使用了。

176

杯中的水是光辉的;海中的水却是黑色的。
小理可以用文字来说清楚;大理却只有沉默。

177

你的微笑是你自己田园里的花,你的谈吐是你自己山上的松林的萧萧,但是你的心呀,却是那个女人,那个我们全都认识的女人。

178

我把小小的礼物留给我所爱的人,——大的礼物却留给一切的人。

179

妇人呀，你用泪海包绕着世界的心，正如大海包绕着大地。

180

太阳以微笑向我问候。
雨，他的忧闷的姊姊，向我的心谈话。

181

我的昼间之花，落下它那被遗忘的花瓣。
在黄昏中，这花成熟为一颗记忆的金果。

182

我像那夜间之路，正静悄悄地谛听着记忆的足音。

183

黄昏的天空，在我看来，像一扇窗户，一盏灯火，灯火背后的一次等待。

184

太急于做好事的人，反而找不到时间去做好人。

185

我是秋云,空空地不载着雨水,但在成熟的稻田中,看见了我的充实。

186

他们嫉妒,他们残杀,人反而称赞他们。
然而上帝却害了羞,匆匆地把他的记忆埋藏在绿草下面。

187

脚趾乃是舍弃了其过去的手指。

188

黑暗向光明旅行,但是盲者却向死亡旅行。

189

小狗疑心大宇宙阴谋篡夺它的位置。

190

静静地坐着吧,我的心,不要扬起你的尘土。
让世界自己寻路向你走来。

191

弓在箭要射出之前,低声对箭说道,"你的自由就是我的自由。"

192

妇人,在你的笑声里有着生命之泉的音乐。

193

全是理智的心,恰如一柄全是锋刃的刀。
它叫使用它的人手上流血。

194

神爱人间的灯光甚于他自己的大星。

195

这世界乃是为美之音乐所驯服了的、狂风骤雨的世界。

196

晚霞向太阳说道,"我的心经了你的接吻,便似金的宝箱了。"

197

接触着,你许会杀害;远离着,你许会占有。

198

蟋蟀的唧唧,夜雨的淅沥,从黑暗中传到我的耳边,好似我已逝的少年时代沙沙地来到我梦境中。

199

花朵向星辰落尽了的曙天叫道,"我的露点全失落了。"

200

燃烧着的木块,熊熊地生出火光,叫道,"这是我的花朵,我的死亡。"

201

黄蜂以邻蜂储蜜之巢为太小。
他的邻人要他去建筑一个更小的。

202

河岸向河流说道,"我不能留住你的波浪。
"让我保存你的足印在我心里吧。"

203

白日以这小小地球的喧扰,淹没了整个宇宙的沉默。

204

歌声在空中感得无限,图画在地上感得无限,诗呢,无论在空中,在地上都是如此;
因为诗的词句含有能走动的意义与能飞翔的音乐。

205

太阳在西方落下时,他的早晨的东方已静悄悄地站在他面前。

206

让我不要错误地把自己放在我的世界里而使它反对我。

207

荣誉使我感到惭愧,因为我暗地里求着它。

208

当我没有什么事做时,便让我不做什么事,不受骚扰地沉入安静深处吧,一如那海水沉默时海边的暮色。

209

少女呀,你的纯朴,如湖水之碧,表现出你的真理之深邃。

210

最好的东西不是独来的。
它伴了所有的东西同来。

211

神的右手是慈爱的,但是他的左手却可怕。

212

我的晚色从陌生的树木中走来,它用我的晓星所不懂得的语言说话。

213

夜之黑暗是一只口袋,迸出黎明的金光。

214

我们的欲望,把彩虹的颜色,借给那只不过是云雾的人生。

215

神等待着要从人的手上把他自己的花朵作为礼物赢得回去。

216

我的忧思缠扰着我,要问我它们自己的名字。

217

果实的事业是尊贵的,花的事业是甜美的,但是让我做叶的事业吧,叶是谦逊地专心地垂着绿荫的。

218

我的心向着阑珊的风张了帆,要到无论何处的荫凉之岛去。

219

独夫们是凶暴的,但人民是善良的。

220

把我当作你的杯吧,为了你,为了你的人而盛满了水吧。

221

狂风暴雨像是在痛苦中的某个天神的哭声,因为他的爱情被大地所拒绝。

222

世界不会流失,因为死亡并不是一个罅隙。

223

生命因为付出了的爱情,而更为富足。

224

我的朋友,你伟大的心闪射出东方朝阳的光芒,正如黎明中一个积雪的孤峰。

225

死之流泉,使生的止水跳跃。

226

那些有一切东西而没有您的人,我的上帝,在讥笑着那些没有别的东西而只有您的人呢。

227

生命的运动在它自己的音乐里得到它的休息。

228

踢足只能从地上扬起灰尘而不能得到收获。

229

我们的名字,便是夜里海波上发出的光,痕迹也不留地就泯灭了。

230

让睁眼看着玫瑰花的人也看看它的刺。

231

鸟翼上系上了黄金,这鸟便永不能再在天上翱翔了。

232

我们地方的荷花又在这里陌生的水上开了花,放出同样的清香,只是名字换了。

233

在心的远景里,那相隔的距离显得更广阔了。

234

月儿把她的光明遍照在天上,却留着她的黑斑给她自己。

235

不要说"这是早晨",别用一个"昨天"的名词把它打发掉。你第一次看到它,把它当作还没有名字的新生孩子吧。

236

青烟对天空夸口,灰烬对大地夸口,都以为它们是火的兄弟。

237

雨点向茉莉花微语道,"把我永久地留在你的心里吧。"

茉莉花叹息了一声,落在地上了。

238

悔怯的思想呀,不要怕我。
我是一个诗人。

239

我的心在朦胧的沉默里,似乎充满了蟋蟀的鸣声——声音的灰暗的暮色。

240

爆竹呀,你对于群星的侮蔑,又跟了你自己回到地上来了。

241

您曾经带领着我,穿过我的白天的拥挤不堪的旅程,而到达了我的黄昏的孤寂之境。
在通宵的寂静里,我等待着它的意义。

242

我们的生命就似渡过一个大海,我们都相聚在这个狭小的舟中。
死时,我们便到了岸,各往各的世界去了。

243

真理之川从它的错误之沟渠中流过。

244

今天我的心是在想家了,在想着那跨过时间之海的那一个甜蜜的时候。

245

鸟的歌声是曙光从大地反响过去的回声。

246

晨光问毛茛道:"你是骄傲得不肯和我接吻么?"

247

小花问道:"我要怎样地对你唱,怎样地崇拜你呢,太阳呀?"
太阳答道:"只要用你的纯洁的素朴的沉默。"

248

当人是兽时,他比兽还坏。

249

黑云受光的接吻时便变成天上的花朵。

250

不要让刀锋讥笑它柄子的拙钝。

251

夜的沉默,如一个深深的灯盏,银河便是它燃着的灯光。

252

死像大海的无限的歌声,日夜冲击着生命的光明岛的四周。

253

花瓣似的山峰在饮着日光,这山岂不像一朵花吗?

254

"真实"的含义被误解、轻重被倒置,那就成了"不真实"。

255

我的心呀,从世界的流动中找你的美吧,正如那小船得到风与水的优美似的。

256

眼不以能视来骄人,却以它们的眼镜来骄人。

257

我住在我的这个小小世界里,生怕使它再缩小一丁点儿。把我抬举到您的世界里去吧,让我有高高兴兴地失去我的一切的自由。

258

虚伪永远不能凭借它生长在权力中而变成真实。

259

我的心,同着它的歌的拍拍舐岸的波浪,渴望着要抚爱这个阳光熙和的绿色世界。

260

道旁的草爱那天上的星吧,你的梦境便可在花朵里实现了。

261

让你的音乐如一柄利刃,直刺入市井喧扰的心中吧。

262

这树的颤动之叶,触动着我的心,像一个婴儿的手指。

263

小花睡在尘土里。
它寻求蛱蝶走的道路。

264

我是在道路纵横的世界上。

夜来了。打开您的门吧,家之世界呵。

265

我已经唱过了您的白天的歌。
在黄昏时候,让我拿着您的灯走过风雨飘摇的道路吧。

266

我不要求你进我的屋里。
你到我无量的孤寂里来吧,我的爱人!

267

死之隶属于生命,正与生一样。
举足是走路,正如落足也是走路。

268

我已经学会了你在花与阳光里微语的意义。——再教我明白你在苦与死中所说的话吧。

269

夜的花朵来晚了,当早晨吻着她时,她颤栗着,叹息了一声,萎落在地上了。

270

从万物的愁苦中,我听见了"永恒母亲"的呻吟。

271

大地呀,我到你岸上时是一个陌生人,住在你屋内时是一个宾客,离开你的门时是一个朋友。

272

当我去时,让我的思想到你那里来,如那夕阳的余光,映在沉默的星天的边上。

273

在我的心头燃点起那休憩的黄昏星吧,然后让黑夜向我微语着爱情。

274

我是一个在黑暗中的孩子。
我从夜的被单里向您伸出我的双手,母亲。

275

白天的工作完了。把我的脸掩藏在您的臂间吧,母亲。
让我入梦吧。

276

集会时的灯光,点了很久,会散时,灯便立刻灭了。

277

当我死时,世界呀,请在你的沉默中,替我留着"我已经爱过了"这句话吧。

278

我们在热爱世界时便生活在这世界上。

279

让死者有那不朽的名,但让生者有那不朽的爱。

280

我看见你,像那半醒的婴孩在黎明的微光里看见他的母亲,于是微笑而又睡去了。

281

我将死了又死,以明白生是无穷无尽的。

282

当我和拥挤的人群一同在路上走过时,我看见您从阳台上送过来的微笑,我歌唱着,忘却了所有的喧哗。

283

爱就是充实了的生命,正如盛满了酒的酒杯。

284

他们点了他们自己的灯,在他们的寺院内,吟唱他们自己的话语。
但是小鸟们却在你的晨光中,唱着你的名字,——因为你的名字便是快乐。

285

领我到您的沉寂的中心,把我的心充满了歌吧。

286

让那些选择了他们自己的焰火咝咝的世界的,就生活在那里吧。
我的心渴望着您的繁星,我的上帝。

287

爱的痛苦环绕着我的一生,像汹涌的大海似的唱着,而爱的快乐却像鸟儿们在花林里似的唱着。

288

假如您愿意,您就熄了灯吧。
我将明白您的黑暗,而且将喜爱它。

289

当我在那日子的终了,站在您的面前时,您将看见我的伤疤,而知道我有我的许多创伤,但也有我的医治的法儿。

290

总有一天,我要在别的世界的晨光里对你唱道:"我以前在地球的光里,在人的爱里,已经见过你了。"

291

从别的日子里飘浮到我的生命里的云,不再落下雨点或引起风暴了,却只给予我的夕阳的天空以色彩。

292

真理引起了反对它自己的狂风骤雨,那场风雨吹散了真理的广播的种子。

293

昨夜的风雨给今日的早晨戴上了金色的和平。

294

真理仿佛带了它的结论而来,而那结论却产生了它的第二个。

295

他是有福的,因为他的名望并没有比他的真实更光亮。

296

您的名字的甜蜜充溢着我的心,而我忘掉了我自己的——就像您的早晨的太阳升起时,那大雾便消失了。

297

静悄悄的黑夜具有母亲的美丽,而吵闹的白天具有孩子的美。

298

当人微笑时,世界爱了他。当他大笑时,世界便怕他了。

299

神等待着人在智慧中重新获得童年。

300

让我感到这个世界乃是您的爱的成形吧,那末,我的爱也将帮助着它。

301

您的阳光对着我的心头的冬天微笑着,从来不怀疑它的春天的花朵。

302

神在他的爱里吻着"有涯",而人却吻着"无涯"。

303

您越过不毛之年的沙漠而到达了圆满的时刻。

304

神的静默使人的思想成熟而为语言。

305

"永恒的旅客"呀,你可以在我的歌中找到你的足迹。

306

让我不致羞辱您吧,父亲,您在您的孩子们身上显现出您的光荣。

307

这一天是不快活的。光在蹙额的云下,如一个被打的儿童,灰白的脸上留着泪痕,风又叫号着似一个受伤的世界的哭声。但是我知道我正跋涉着去会我的朋友。

308

今天晚上棕榈叶在嚓嚓地作响,海上有大浪,满月呵,就像世界在心脉悸跳。从什么不可知的天空,您在您的沉默里带来了爱的痛苦的秘密?

309

我梦见一颗星,一个光明岛屿,我将在那里出生,在它快速的闲暇深处,我的生命将成熟它的事业,像秋天阳光下的稻田。

310

雨中的湿土的气息,就像从渺小的无声的群众那里来的一阵巨大的赞美歌声。

311

说爱情会失去的那句话,乃是我们不能够当作真理来接受的一个事实。

312

我们将有一天会明白,死永远不能够夺去我们的灵魂所获得的东西,因为她所获得的,和她自己是一体。

313

神在我的黄昏的微光中,带着花到我这里来,这些花都是我过去之时的,在他的花篮中,还保存得很新鲜。

314

主呀,当我的生之琴弦都已调得谐和时,你的手的一弹一奏,都可以发出爱的乐声来。

315

让我真真实实地活着吧,我的上帝,这样,死对于我也就成了真实的了。

316

人类的历史很忍耐地在等待着被侮辱者的胜利。

317

我这一刻感到你的眼光正落在我的心上,像那早晨阳光中的沉默落在已收获的孤寂的田野上一样。

318

在这喧哗的波涛起伏的海中,我渴望着咏歌之岛。

319

夜的序曲是开始于夕阳西下的音乐,开始于它对难以形容的黑暗所作的庄严的赞歌。

320

我攀登上高峰,发现在名誉的荒芜不毛的高处,简直找不到一个遮身之地。我的引导者呵,领导着我在光明逝去之前,进到沉静的山谷里去吧,在那里,一生的收获将会成熟为黄金的智慧。

321

在这个黄昏的朦胧里,好些东西看来都仿佛是幻象一般——尖塔的底层在黑暗里消失了,树顶像是墨水的模糊的斑点似的。我将等待着黎明,而当我醒来的时候,就会看到在光明里的您的城市。

322

我曾经受苦过,曾经失望过,曾经体会过"死亡",于是我以我在这伟大的世界里为乐。

323

在我的一生里,也有贫乏和沉默的地域。它们是我忙碌的日子得到日光与空气的几片空旷之地。

324

我的未完成的过去,从后边缠绕到我身上,使我难于死去,请从它那里释放了我吧。

325

"我相信你的爱",让这句话做我的最后的话。

郑振铎 译

"名著名译丛书"书目

(按著者生年排序)

第 一 辑

书 名	著 者	译 者
荷马史诗·伊利亚特	[古希腊]荷马	罗念生 王焕生
荷马史诗·奥德赛	[古希腊]荷马	王焕生
伊索寓言	[古希腊]伊索	王焕生
一千零一夜		纳训
源氏物语	[日]紫式部	丰子恺
十日谈	[意大利]薄伽丘	王永年
堂吉诃德	[西班牙]塞万提斯	杨绛
培根随笔集	[英]培根	曹明伦
罗密欧与朱丽叶	[英]莎士比亚	朱生豪
鲁滨孙飘流记	[英]笛福	徐霞村
格列佛游记	[英]斯威夫特	张健
浮士德	[德]歌德	绿原
少年维特的烦恼	[德]歌德	杨武能
傲慢与偏见	[英]简·奥斯丁	张玲 张扬
红与黑	[法]司汤达	张冠尧
格林童话全集	[德]格林兄弟	魏以新
希腊神话和传说	[德]施瓦布	楚图南

高老头 欧也妮·葛朗台	[法]巴尔扎克	张冠尧
普希金诗选	[俄]普希金	高 莽 等
巴黎圣母院	[法]雨果	陈敬容
悲惨世界	[法]雨果	李丹 方于
基度山伯爵	[法]大仲马	蒋学模
三个火枪手	[法]大仲马	李玉民
安徒生童话故事集	[丹麦]安徒生	叶君健
爱伦·坡短篇小说集	[美]爱伦·坡	陈良廷 等
汤姆叔叔的小屋	[美]斯陀夫人	王家湘
大卫·科波菲尔	[英]查尔斯·狄更斯	庄绎传
双城记	[英]查尔斯·狄更斯	石永礼 赵文娟
雾都孤儿	[英]查尔斯·狄更斯	黄雨石
简·爱	[英]夏洛蒂·勃朗特	吴钧燮
瓦尔登湖	[美]亨利·戴维·梭罗	苏福忠
呼啸山庄	[英]爱米丽·勃朗特	张玲 张扬
猎人笔记	[俄]屠格涅夫	丰子恺
包法利夫人	[法]福楼拜	李健吾
昆虫记	[法]亨利·法布尔	陈筱卿
茶花女	[法]小仲马	王振孙
安娜·卡列宁娜	[俄]列夫·托尔斯泰	周扬 谢素台
复活	[俄]列夫·托尔斯泰	汝龙
战争与和平	[俄]列夫·托尔斯泰	刘辽逸
海底两万里	[法]儒勒·凡尔纳	赵克非
八十天环游地球	[法]儒勒·凡尔纳	赵克非
马克·吐温中短篇小说选	[美]马克·吐温	叶冬心
汤姆·索亚历险记	[美]马克·吐温	张友松
爱的教育	[意大利]埃·德·阿米琪斯	王干卿
莫泊桑短篇小说选	[法]莫泊桑	张英伦
契诃夫短篇小说选	[俄]契诃夫	汝龙
泰戈尔诗选	[印度]泰戈尔	冰心 等
欧·亨利短篇小说选	[美]欧·亨利	王永年

名人传	[法]罗曼·罗兰	张冠尧 艾珉
童年 在人间 我的大学	[苏联]高尔基	刘辽逸 等
绿山墙的安妮	[加拿大]露西·蒙哥马利	马爱农
杰克·伦敦小说选	[美]杰克·伦敦	万紫 等
卡夫卡中短篇小说全集	[奥地利]卡夫卡	叶廷芳 等
罗生门	[日]芥川龙之介	文洁若 等
了不起的盖茨比	[美]菲茨杰拉德	姚乃强
老人与海	[美]海明威	陈良廷 等
飘	[美]米切尔	戴侃 等
小王子	[法]圣埃克苏佩里	马振骋
钢铁是怎样炼成的	[苏联]尼·奥斯特洛夫斯基	梅益
静静的顿河	[苏联]肖洛霍夫	金人

第 二 辑

威尼斯商人	[英]莎士比亚	朱生豪
忏悔录	[法]卢梭	范希衡 等
罪与罚	[俄]陀思妥耶夫斯基	朱海观 王汶
哈克贝利·费恩历险记	[美]马克·吐温	张友松
漂亮朋友	[法]莫泊桑	张冠尧
斯·茨威格中短篇小说选	[奥地利]斯·茨威格	张玉书
海浪 达洛维太太	[英]弗吉尼亚·吴尔夫	吴钧燮 谷启楠
日瓦戈医生	[苏联]帕斯捷尔纳克	张秉衡
大师和玛格丽特	[苏联]布尔加科夫	钱诚
太阳照常升起	[美]海明威	周莉

第 三 辑

神曲	[意大利]但丁	田德望
吉尔·布拉斯	[法]勒萨日	杨绛
都兰趣话	[法]巴尔扎克	施康强

叶甫盖尼·奥涅金	[俄]普希金	智 量
笑面人	[法]雨果	郑永慧
红字 七个尖角顶的宅第	[美]纳撒尼尔·霍桑	胡允桓
死魂灵	[俄]果戈理	满 涛 许庆道
南方与北方	[英]盖斯凯尔夫人	主 万
莱蒙托夫诗选 当代英雄	[俄]莱蒙托夫	余 振 等
前夜 父与子	[俄]屠格涅夫	丽 尼 巴 金
白鲸	[美]赫尔曼·梅尔维尔	成 时
米德尔马契	[英]乔治·爱略特	项星耀
小妇人	[美]路易莎·梅·奥尔科特	贾辉丰
娜娜	[法]左拉	郑永慧
一位女士的画像	[美]亨利·詹姆斯	项星耀
十字军骑士	[波兰]亨利克·显克维奇	林洪亮
樱桃园	[俄]契诃夫	汝 龙
约翰-克利斯朵夫	[法]罗曼·罗兰	傅 雷
我是猫	[日]夏目漱石	阎小妹
嘉莉妹妹	[美]德莱塞	潘庆舲
月亮与六便士	[英]威廉·萨默塞特·毛姆	谷启楠
人性的枷锁	[英]威廉·萨默塞特·毛姆	叶 尊
人类群星闪耀时	[奥地利]斯·茨威格	张玉书
尤利西斯	[爱尔兰]詹姆斯·乔伊斯	金 隄
好兵帅克历险记	[捷克]雅·哈谢克	星 灿
城堡	[奥地利]卡夫卡	高年生
喧哗与骚动	[美]威廉·福克纳	李文俊
老妇还乡	[瑞士]迪伦马特	叶廷芳 韩瑞祥
金阁寺	[日]三岛由纪夫	陈德文
万延元年的 Football	[日]大江健三郎	邱雅芬

扫码免费领取听书券

七十余部外国文学名著经典
0元订阅，无限畅听